novum ◢ pocket

AF146861

Konrad Namberger

Das Vermächtnis –
eine deutsch-tschechische Familiengeschichte

novum pocket

Bibliografische Information
der Deutschen Nationalbibliothek:

Die Deutsche Nationalbibliothek
verzeichnet diese Publikation in der
Deutschen Nationalbibliografie.
Detaillierte bibliografische Daten
sind im Internet über
http://www.d-nb.de abrufbar.

Alle Rechte der Verbreitung, auch
durch Film, Funk und Fernsehen, fotomechanische Wiedergabe,
Tonträger, elektronische
Datenträger und auszugsweisen
Nachdruck, sind vorbehalten.

© 2021 novum Verlag

ISBN 978-3-99010-970-0
Lektorat: Dr. Johannes Krämmer
Umschlagfoto: Bernhard Hecht
Umschlaggestaltung, Layout &
Satz: novum Verlag

Gedruckt in der Europäischen Union
auf umweltfreundlichem, chlor- und
säurefrei gebleichtem Papier.

www.novumverlag.com

„*Es ist normal, verschieden zu sein.*"

Richard von Weizsäcker

Im Wald, 1945

Die Schüsse knallen laut und unerbittlich durch die dunkle Nacht. Ein letzter lauter Gruß des grausamen Krieges. Die Männer sind in ihrem Versteck in der Höhle entdeckt worden und laufen nun um ihr Leben.

Sie schwitzen vor Angst. Ihre Kleidung, die sie nicht mehr gewechselt haben, seit sie im Wald leben, stinkt. Und dort befinden sie sich nun schon seit Wochen. Stets voller Angst, ob ihre Frauen und Kinder noch am Leben sind.

Freiheit war das höchste Gut, das man in diesen Tagen bekommen konnte.

Was ist stärker: Hunger oder Angst? Kälte oder Krankheit? Oder doch die Sorge um die Lieben?

Seit die deutsche Armee aus Tschechien geflohen war, hatten die verbliebenen Deutschen Angst. Die Luft triefte geradezu vor Angst. Aber als die Wehrmacht noch da war, da hatten die Tschechen dieselbe Angst.

Die Angst war damals da und ist auch jetzt noch da.

Schreie in verschiedenen Sprachen durchbrechen die Stille. Sie betteln um Gnade. Einer davon ist ganz besonders laut. Dann fällt ein Körper dumpf zu Boden. Keiner bleibt stehen – keiner kümmert sich darum. Alle rennen weiter wie gejagte Tiere. Schreien hilft jetzt nicht und auch kein Verstecken mehr.

Nur Rennen. Und hoffen.

Der dunkle Wald wird hell erleuchtet von Taschenlampen. Sie blenden die Flüchtlinge, die ihre Augen krampfhaft zusammenkneifen. Äste knacken unter ihren schnellen Schritten.

Obwohl Hitler kapituliert hatte, herrschte noch der lange Atem eines schrecklichen Krieges, der schon viele Jahre die Menschen hier ausgezehrt und das Menschliche längst ausgesaugt hat, bis nichts mehr davon übrigblieb. Und in seinen letzten Wochen hat der Krieg noch die Männer des Dorfes in den Wald getrieben, wo sie sich verstecken mussten.

Vor allem jetzt, da der Krieg vorbei ist und alles anders werden soll, steigen Unsicherheit und Angst ins Unermessliche. Denn die Sieger werden kein Erbarmen kennen, ebenso wie es die jetzt Besiegten vorher nicht hatten.

Der Krieg hatte Hoffnung zerstört und Furcht zurückgelassen. Die Sieger werden nicht unterscheiden, wer von den Unterlegenen ein Soldat war und wer nicht. Wer doch irgendwie gut war oder ganz besonders böse.

Alles egal. Und für alle die gleiche Angst.

Darum sind die Männer in den Wald geflohen. Einen alten Weg entlang bis tief hinein, wo die Bäume dicht stehen und ein Felsen eine kleine Höhle freigibt. Nicht genug zum Leben, aber genug, um die Männer vor Regen zu schützen. Jedoch nicht vor der Kälte, nicht vor den Sorgen um die Frauen und Kinder und nicht vor der Angst um das eigene Leben. Aber es war zumindest ein Versteck.

Nun jedoch sind sie entdeckt worden. Aufgespürt von Hunden, gejagt von Männern, von Soldaten, die noch wenige Wochen zuvor von derselben Furcht heimgesucht wurden.

Ein weiterer Schuss fliegt durch die Luft. Wimmernd steigt ein abgemagerter Mann von einem Baum. So hektisch und unsicher, dass er fällt. Äste knacken. Er steht auf und will laufen. Er fällt erneut. Ein weiter Schuss knallt. Der dünne Mann bleibt liegen und seine Augen erstarren.

Gerade noch vor einer Stunde war der Wald friedlich. Im Wald hatten viele der Flüchtenden eben noch das karge Essen zu sich genommen, das die Frauen, die dabei ihr eigenes Leben riskierten, jeden Tag heimlich zu ihnen brachten.

Alles, was die Männer noch in Händen halten, wird achtlos weggeworfen. Keine Zeit – nicht mehr wichtig.

Ein Mann, der gerade noch aus einem alten Topf gegessen hatte, hustet und hustet. Fast erstickt er. Er ist der Einzige, der nicht läuft. Er kann nicht laufen, da er nicht genug Luft in seine Lungen hineinpressen kann. Er spuckt zähen, gelben Schleim. Die kalte, feuchte Luft im Wald kennt keine Gnade vor kranken Lungen. Auch weitere Schüsse können den Husten nicht stoppen.

Dann sieht der Mann in den grellen Schein einer Lampe und spürt, wie ein Gewehr auf ihn gerichtet wird. Geblendet vom Licht kann er das nicht genau sehen. Aber wer im Krieg war, der ahnt genau, was passiert, wenn eine Waffe auf ihn gerichtet wird. Als der Schleim raus ist aus den kaputten Lungenflügeln, kann er wieder die Luft einatmen, der Husten verstummt. Gewehre und Husten – beide sind Vorboten des Todes.

Plötzlich lässt der andere Mann seine Waffe sinken und hebt fluchend die Hand. Er will sich keinen Husten holen. So wendet er fluchend den Kopf ab und geht.

Der Lärm verstummt und auch die Männer ziehen ab. Die einen halten Gewehre, die anderen heben die Hände. Sie gehen zum Dorf. Bald sind sie aus dem Wald draußen und marschieren auf einer langen, gebogenen Straße, die direkt zum Ortskern führt. Begleitet von den Waffen und von einer schier unermesslichen Todesangst.

Der hustende Mann schielt sehnsüchtig nach links auf ein Haus und einen Garten. Dort brennt Licht, das nicht brennen sollte, denn das erweckt Aufmerksamkeit. Seine Familie ist offenbar wach, wahrscheinlich aufgeweckt von den Schüssen. Zu gern würde er sie jetzt sehen, seine Frau und seine Töchter. Er will sie doch innig umarmen und nie wieder loslassen nach all den Wochen, in denen er darauf verzichten musste.

Aber jetzt muss weitergehen und darf nicht länger zu seinem Haus und seinem Garten hinsehen. Sonst müssen sie vielleicht mit ihm gehen. Oder werden verschleppt. Besser nicht, nicht seine Familie.

Im Garten ist es still und das wundert ihn. Denn sein Hund bellt gar nicht. Ein schrecklicher Gedanke schießt durch seinen Kopf und eine Träne rollt über seine verschmutzte Wange. Er wischt sie weg – der Gedanke aber bleibt. Was wird aus seinem Betrieb, den er jahrelang geführt hatte? Und das durchaus erfolgreich. Aber das war jetzt nicht mehr wichtig. Auf seine Familie konnte er sich stets verlassen, vor allem auf seine tüchtige Frau. In all den guten Jahren vor dem Krieg und in all den mageren Zeiten des Krieges war sie ihm treu zur Seite gestanden.

Gibt es eine Zukunft für sie?

So erreichen die Männer den Dorfkern mit dem Dorfbrunnen. Die Sonne schickt die ersten Strahlen, als die Männer an einen Zaun gefesselt werden.

Dann meldet sich der Husten wieder und das so heftig, dass sein Gesicht blau anläuft.

Seinen Hund hat der Mann nie wieder gesehen.

September, jetzt

Unser Auto fährt einsam dahin. Seit wenigstens einer halben Stunde ist jetzt kein anderes Fahrzeug zu sehen und erst recht keines mit deutschem Kennzeichen. In diesem Teil der Welt gibt es nur wenige Autos und das ist schön. Ich liebe die Ruhe und Einsamkeit.

Nur die dichten Wälder begleiten uns – das bereitet mir immer ein mulmiges Gefühl. Immer wenn ich in einem Wald bin. Daher beeile ich mich, schnellstmöglich weiterzukommen. Von Zeit zu Zeit schimmert die Sonne zart durch das Blattwerk auf die regennasse Straße. Irgendwie hat ein Wald etwas Schützendes und zugleich Bedrohliches an sich. Aber diese Angst liegt tief in meiner Vergangenheit verwurzelt. Ich war seit Jahren nicht mehr in einem Wald!

Am Vormittag muss es hier noch heftig geregnet haben. Den unangenehmen Wolkenbruch haben wir gleich nach der Grenze zwischen Österreich und Tschechien abbekommen, was uns zu einer circa einstündigen Rast gezwungen hat. Nicht weiter schlimm – ich bin kaffeesüchtig und meine Frau war sichtlich froh, dass ich meine bescheidenen Fahrkünste unterbrechen musste. Im Gegensatz zu ihr fahre ich schlecht, was auch mit meiner Vergangenheit zu tun hat. Meine Frau dagegen scheint sofort zu einer Einheit mit jedem Auto zu verschmelzen. Sie fährt einfach gern.

Ich habe unsere Kaffeepause sehr genossen. Nun sind wir wieder unterwegs.

Auch jetzt scheint niemand außer uns Lust zu haben, auf dieser einsamen Strecke mit einem Auto zu fahren.

Die Löcher im Straßenbelag, der gelegentlich ausgebessert ist, erfordern eigentlich die ganze Aufmerksamkeit des Fahrers. Dass das Auto immer schneller wird, habe ich gar nicht bemerkt. Zu sehr sind meine Gedanken bei dem dichten Blattwerk und den mächtigen Baumstämmen. Buchen, Tannen, Ahorn und Fichten. Oder andere Gehölze, die ich nicht kenne. Mein Interesse an der Pflanzenwelt war stets bescheiden.

Aber plötzlich legt Esther die Hand auf meinen Oberschenkel und neigt den Kopf. Ihr strenger Blick sagt mir, doch vom Gas zu gehen. Ich bin beschämt, denn ich war in Gedanken versunken. Schon wieder. Sie sagt nichts – muss sie auch gar nicht. Sie kennt mich.

Wir sind jetzt bereits seit vier Stunden unterwegs. Viel länger, als ich gedacht hatte. Durch unseren Umweg zieht sich die Reise wie ein Kaugummi.

Meine Frau und ich sind von unserem Dorf mitten im Bayerischen Wald nach einem kurzen Abstecher in Österreich bis nach Mähren gefahren und suchen einen ganz bestimmten Ort.

In der Nähe von Freyung habe ich eine Landarztpraxis. Ein Ort wie eine Flucht aus meiner Vergangenheit in die Ruhe des Vergessens.

Ich muss in einer Woche wieder in meiner Praxis anfangen, da mein Vertreter ein alter und bereits pensionierter Kollege ist und unter keinen Umständen länger praktizieren wollte. Oder, besser gesagt, seine Frau wollte das nicht. Sie bleibt nicht gern allein daheim.

Esther ist etwas freier in der Arbeitsgestaltung, da sie Angestellte einer großen Anwaltskanzlei in München und nur noch in Teilzeit tätig ist. Die meiste Zeit sogar im Homeoffice. Nach dem Tod ihres ersten Mannes hatte sie sich noch wie wild in die Arbeit gestürzt. Aber in den letzten

Jahren ist sie ruhiger geworden und kümmert sich um ihren Sohn David, der an einer schweren Lungenkrankheit leidet.

In den ersten Jahren unserer Beziehung blieben wir beide in unserer Heimat – Esther im lauten Dschungel der bayrischen Landeshauptstadt und ich in den unendlich ruhigen Weiten des Landlebens, das sich wie ein schützender Mantel um mich legte.

Jetzt habe ich aber diesen Mantel abgelegt und fahre mit meiner Esther nach Tschechien. Der Grund ist meine über alles geliebte Oma. Ja, ich hoffe intensiv, dass die Reise etwas bewegt. Wir fahren in die Vergangenheit meiner Großeltern in das Dorf, in dem sie gelebt hatten, das heute in Tschechien liegt.

Mein Opa hatte hier vor langer Zeit eine Firma betrieben, bis ihn der Krieg zwang fortzugehen. Und mit ihm seine Familie und meine Zukunft. Die Geschichten meiner Großeltern drängen sich in meinen Kopf.

Fast hätte ich das Schild übersehen: „Vorfahrt achten!" Ich drossle das Tempo und vermeide den Blick meiner Frau. Meine Gedanken kann ich jedoch nicht ganz abschalten.

Vielleicht hätte ich meiner Frau mehr aus meiner Vergangenheit erzählen sollen, aber das fällt mir noch schwerer, als entspannt ein Auto zu fahren. Oder in den Wald zu gehen.

Nach der Flucht lebten meine Großeltern mit ihren Kindern zunächst in einem beschaulichen Dorf am Fuß der Alpen. Nachdem meine Mutter geheiratet hatte, zogen Oma und Opa zu ihrer Tochter und deren Mann, also zu meinen Eltern – nicht weit weg. In die Nähe von Rosenheim. Das ist ein Ort im Chiemgau – nicht weit entfernt vom malerischen Chiemsee.

Das heißt, meine Großeltern wohnten dort im Anbau unseres Hauses und wir gleich daneben. Es gab eine Verbindungstür. Meine Mutter wollte das so, damit sie bei einem Notfall schnell bei ihren Eltern sein konnte. So lernte ich meine Großeltern als Nachbarn mit Verbindungstür kennen.

Jeden Tag stand in der engen Küche ein Topf voll Schwarztee oder Hagebuttentee auf dem Tisch. Das war ein Zeichen, dass meine Grosseltern auf einen Gesprächspartner hofften.

Als Kind wuchs ich deutlich mehr bei den Großeltern auf als bei meinen Eltern, da sie beide viel arbeiteten. Sie verließen früh unser Haus und kamen am Abend erst spät wieder zurück. Als Einzelkind hatte ich dann meine Großeltern exklusiv. Sie begleiteten mich auf dem Weg zum Kindergarten. Später fuhr ich dann allein mit dem Bonanzarad zur Grundschule und ab der fünften Klasse mit einem Rennrad zum Gymnasium. Mittags saß ich stets bei meiner Oma.

Oma erzählte außerdem wunderbare Geschichten oder kochte nachmittags Tee. Nur singen konnte sie nicht. Wann auch immer sie mir Lieder aus ihrer Heimat vorsingen wollte, brach sie bald ab, denn mein Gesichtsausdruck sprach Bände.

Opa nahm immer einen weiteren Topf voll Tee aus der Küche mit in das Schlafzimmer im ersten Stock, was ihn als Asthmatiker nachts vor dem Ersticken bewahren sollte. Laut meiner Oma hat es ihn nie vor dem Schnarchen bewahrt, wenngleich er auch niemals erstickt ist.

Einen Topf hat Oma immer „Kastrol" genannt, eine Rübe eine „Murk" und Tomaten „Paradeiser". Ihre Sprache war eine Mischung aus dem Österreichischen und der Sprache aus Mähren, vermengt mit etwas Hochdeutsch oder irgend noch etwas dazwischen. Eine Sprache wie aus einem bunten Kochrezept und dann noch sehr würzig, wenn Oma mir Geschichten erzählt hat.

Als Opa an seiner Lungenerkrankung gestorben war und Oma und der Hagebuttentee in der Küche noch einsamer den Tag verbrachten, habe ich gelegentlich beiden, also Oma und dem Tee, einen Besuch abgestattet. Meist gab es dazu irgendeine köstliche Suppe – Omas Spezialität – und später noch Erzählungen aus ihrem Heimatort, der einmal Österreich, dann Deutschland, später der Tschechoslowakei gehört hat und heute Tschechien gehört.

Aber wem gehört schon ein Ort? Keinem Land und auch nicht den Menschen, die dort wohnen. Eher schon den Erinnerungen.

Das waren Omas Worte. Je älter sie wurde, umso öfter wiederholte sie ihre Erzählungen. Möglicherweise, um dem Vergessen vorzubeugen. Vielleicht hatte sie aber auch Bedenken, dass ich ihren Ausführungen andernfalls nicht genug Aufmerksamkeit geschenkt hätte.

Irgendwann hatte ich zwischen einer Erzählung zu träumen begonnen und glänzte mit Geistesabwesenheit. Da war ich in meiner Welt, die viel Phantasie und wenig Realität hatte.

Auch jetzt auf unserer Autofahrt in Mähren verweile ich schon zu lange in Gedanken.

Unser Auto fährt mittlerweile nicht mehr schnell, sondern viel zu langsam. Fast schleicht es über die Landstraße. Ich habe kaum registriert, dass wir den Wald verlassen haben und von schier endlosen Weizen- und Rapsfeldern sowie grünen Wiesen umgeben sind. Dass der Wald nun verschwunden ist, beruhigt mich irgendwie. Aber diesen Gedanken schiebe ich weg.

„Wenn du noch einmal so abwesend bist, steige ich aus und trampe heim."

Die jetzt doch scharfe Stimme meiner Beifahrerin holt mich aus den Erinnerungen wieder an das Steuer und zurück in die Gegenwart. Recht hat sie ja. Ein kurzer, doch bohrender Blick wird abgelöst von dem Schwung, mit dem Esther ihr langes, kastanienbraunes Haar nach hinten wirft. Sie hat wundervolle Haare.

Ich bitte sie schnell um einen Schluck Cola und frage nach dem Rest der Madeleines, die ich gestern noch gekauft hatte: Ein Reiseproviant, der sich früher schon bei zahlreichen Fahrten mit meiner ersten Frau und unserem Sohn bewährt hatte. Diese Gewohnheit habe ich beibehalten. Aber sonst gar nichts aus meiner ersten Ehe. Meine Ex-Frau und meinen Sohn habe ich geschätzte 15 Jahre nicht mehr gesehen oder gesprochen.

Ein Resultat eines tragischen Unfalls und seiner Folgen. Genauer gesagt war der Unfall nur ein Zünder zu einer Explosion. Davor hatte es schon zu lange gelodert. Jetzt liegt meine erste Ehe so weit zurück – eine Ewigkeit.

Dann trat Esther in mein Leben. Eine umwerfende Frau mit unglaublichen Haaren. Und einer starken Persönlichkeit.

Eine Frau, die aus dem vollen Leben herausgerissen worden war und Halt in ihrer Religion fand. Sie ist gläubige Jüdin. Das ist eine weitere Geschichte.

Diese Fahrt nun hat auch eine Geschichte, wenn auch keine biblische. Und die beginnt schon vor sehr langer Zeit. Und sie beginnt mit Oma.

Nachts im Wald, 1945

Alles ist dunkel. Pechschwarze Nacht. Gott sei Dank.

Keiner kann die beiden Gestalten sehen, die durch den Wald schleichen. Die Frau hat Essen in einem Topf dabei, das Kind eine Feldflasche mit Wasser. Das Essen ist ein angeschimmeltes Brot, dann noch ein Apfel, ein paar Brennnesseln. Das Wasser ist manchmal schon abgestanden und schmeckt schlecht. Aber es löscht den schlimmen Durst.

Beide Gestalten schleichen von Baum zu Baum und wenn das Kind auf einen Ast tritt, erschrecken beide, die Mutter zischt und das Kind weiß, was das bedeutet: „Sei leise, sonst ist dein Vater in Gefahr." Nacht für Nacht schleichen sie sich an den Besatzern vorbei in den Wald, um dem Vater, der sich hier versteckt, Essen zu bringen.

Dann gehen sie zurück in ihr Haus, das bald nicht mehr ihres sein wird. Der Krieg hat alles verändert. Die rechtmäßigen Besitzer kommen nach dem Krieg und wollen ihren Besitz zurück.

Der Weg führt, gleich hinter ihrem Haus, am Ende des Dorfes hinein in einen schier unendlich weiten Wald. Mit den Kindern hat sie hier oft gespielt: Verstecken, Eicheln Sammeln, Schnitzeljagd oder „Fang mich!". Und sie hat auf vielen Spaziergängen ihren zwei Töchtern alte Geschichten und Sagen aus der Gegend erzählt. Jetzt aber ist die Lebensfreude dem blanken Entsetzen gewichen, denn aller Leben ist in Gefahr. Das weiß sie und das spüren ihre Töchter. Gleich nach Einbruch der Dunkelheit ist Oma aufgebrochen. Jedes Mal die älteste Tochter an der Hand. Auch andere Frauen taten dies: damals im Jahre 1945.

Wer sollte schon unterscheiden, ob ihre Männer Soldaten oder Zivilisten waren! Also waren alle in Gefahr, umgebracht zu werden. Alle Männer hatten sich im Wald versteckt und die Frauen brachten ihnen zu essen. Wochenlang, bis Opa und die anderen Männer entdeckt wurden.

Ein fürchterlicher Tag. Bei den Erzählungen davon zitterte Omas Stimme immer. Es war das einzige Mal, dass ich Oma so gesehen habe.

Denn sie war von Natur aus eine starke Frau, unerschütterlich wie ein Fels in der Brandung.

„Mama, wieso haben wir zwei Töpfe für Opa?", fragt das Mädchen. Aber ihre Mutter schweigt und beide gehen tief in den Wald bis zu der Höhle. Dort schickt die Mutter das Kind mit einem Topf in der Hand in den schmalen Eingang hinein. Den zweiten behält sie und horcht, um sicher zu sein, dass ihnen niemand gefolgt ist.

Als das Kind aus der Höhle zurückkommt, fragt Oma, wie es ihrem Mann geht. Dann verdrückt sie eine Träne, nimmt ihre Tochter bei der Hand und sie gehen mit zwei leeren Töpfen wieder nach Hause. Für wen war der zweite Topf? Dem Kind blieb das rätselhaft.

Jetzt, während der Autofahrt

Während wir jetzt auch die Felder hinter uns gelassen haben und das Auto auf einer breiteren Landstraße fährt, sind da nun auch andere Verkehrsteilnehmer. Esther fragt, ob alles in Ordnung sei. Ich schweige betreten, worauf sie wieder anfängt, dass ich viel zu viel träume. Ich trinke still meine Cola. Was soll ich sagen?

Wir passieren einzelne und einsame Häuser, aber keinen Wegweiser. Wiesen, auf denen friedlich die Kühe weiden. Will sich keiner einen Namen ausdenken? Braucht man möglicherweise auch keinen? Die Stimmung ist wunderbar friedlich.

Musste Oma den Weg suchen in den Wäldern um Dlouhá Loučka? Nein.

Meine Oma war äußerst geschickt und ein Naturmensch. Sie kannte damals jeden Baum persönlich. Sie hat nie ihren Weg verloren, auch wenn sie immer wieder neue Wege in ihrem Leben suchen musste. Und wenn sie Opa damals im Wald versteckt hatte, dann war er dort in Sicherheit. Dank Oma.

Bis ins hohe Alter hatte Oma stets versucht, ihren Geist mit Lesen und zahllosen Kreuzworträtseln fit zu halten. Dazu musste sie eine Brille und zusätzlich eine Lupe verwenden – aber es ging. Irgendwie.

Da Esther fährt, können meine Gedanken weiter in eine eigene Welt driften.

Und sie hängen plötzlich fest in Omas Küche. Ich esse wieder einmal Reissuppe. Oma konnte irgendwann bedauerlicherweise nicht mehr spazieren gehen, weil ihr

Beckenschiefstand und die schlimmen Abnützungen des Rückens das nicht mehr erlaubten.

So verbrachte Oma die Nachmittage meist allein in ihrer Küche. Wenn ich meinen Weg über die Verbindungstür im Obergeschoss in ihre Küche fand, bekam ich stets zu essen.

Wenn ich aufgegessen und auch den letzten Rest des fiesen Hagebuttentees geschafft hatte, erzählte Oma immer von ihrem Leben vor der Flucht. Von ihrem Heimatdorf und der Firma, und dass Opa am liebsten mit den Juden Geschäfte gemacht hatte, denn diese seien sehr zuverlässige Geschäftspartner gewesen. Vor allem Theobald, mit dem er nach abgeschlossenem Handel oft auf der Bank vor dem Haus saß und plauderte. Beide Männer rauchten dann ihre Pfeife.

Opa habe nie so fleißig gearbeitet, wie Oma sich das vorgestellt hatte, aber er hatte ein Gefühl für Menschen und konnte gut mit ihnen umgehen. Er war bei seinen Kunden wohl sehr beliebt gewesen und das war gut fürs Geschäft.

Und Oma berichtete, dass sie ihren Garten dort sehr geliebt und äußerst sorgfältig gepflegt hatte. Es gab Rosen und Beeren. Johannisbeeren und Stachelbeeren. Vor allem aber Brombeeren. Oma hatte sie gesammelt und in ihrer Küche zu Marmelade verarbeitet und eingelagert. Sie hat nie verstanden, dass ihre Kinder das später nicht mehr machen wollten oder dass die hektische Zeit keinen Platz mehr ließ für Brombeeren.

Sie berichtete von den Dorffesten, an denen Opa angeblich den schönen Frauen der Umgebung nachstieg – Opa hatte zu Lebzeiten dies andersherum geschildert. Aber egal, auf jeden Fall konnte ich während ihrer Worte noch die Wärme der Sommernächte dort spüren und die Freude beim Tanzen und auch die aufregenden Momente auf dem Heimweg.

Oma konnte sehr spannend erzählen, auch wenn sie sich oft wiederholte.

Sie berichtete dann von den schönen Zeiten, als das Geld immer reichte, um die Familie gut zu ernähren.

Dann aber kam der furchtbare Krieg und Hitler griff die Welt an. Oma hatte damals schon ihre Bedenken. Sie hatte schon den ersten Weltkrieg erlebt. Krieg bringt nur Übel, hat sie gesagt.

Schrecklich waren die Entbehrungen während des Krieges ebenso wie die Ängste und das Misstrauen. Plötzlich waren die Menschen, die immer höflich miteinander umgegangen waren, abweisend und wortkarg. Täglich verschwanden Leute und wurden nie mehr gesehen. Es kam die Zeit, als Opa sich mit anderen Männern aus dem Dorf gemeinsam im Wald verstecken musste, denn keiner war mehr sicher. Keiner vertraute mehr dem anderen.

Besonders anstrengend war es, wenn man noch zwei Töchter großziehen musste – ohne Mann, ohne Verdienst und mit fraglicher Zukunft. Dann kam der Hunger dazu. Aber Oma hatte nie aufgegeben.

Dann kam für alle schließlich der Tag, an dem sie aufgefordert wurden, das Nötigste mitzunehmen und zu verschwinden. Denn als der Krieg verloren war, mussten alle Deutschen aus Böhmen, Mähren und Schlesien fortgehen. Sie waren plötzlich ohne Heimat und ohne Besitz.

Von diesen Tagen erzählte Oma immer mit zitternder Stimme. Dann sprach sie auch schneller. Sie hatten fliehen müssen.

Kaum hatte Oma damals das zusammengepackt, was eine Frau und zwei Mädchen tragen konnten, kamen fremde Menschen und waren plötzlich in ihrem Haus.

Wehrlos stand Oma da. Opa war in den Wäldern versteckt. Oma sagte nichts und weinte innerlich. Sie hatte

Angst, dass sie ihren Mann finden und ihn dann erschiessen würden – so wie die anderen Deutschen.

Und plötzlich fasste sie einen Plan. Sie hat nie planlos gelebt. Und anschließend ging sie mit ihren Kindern in das Dorf, um Opa zu suchen. Sie ahnte, wo er sich aufhielt und hoffte, dass er noch lebte.

Wenn Oma solche Geschichten erzählte, hörte ich ihr zu, anfangs sehr aufmerksam. Dann kamen die Wiederholungen und Oma erzählte dieselben Dinge nochmal und nochmal. Und das war der Zeitpunkt, an dem meine Gedanken schnell in eine andere Welt flüchteten. Nachträglich glaube ich, dass Oma das wahrgenommen hat und sehr verletzt war, obwohl sie sich das nie hat anmerken lassen.

Heute tut mir das sehr leid und ich würde gerne länger sitzenbleiben, aber damals war ich einfach zu jung und konnte mich kaum in die verschiedenen Situationen hineinversetzen, die mir Oma schilderte.

Manche Geschichte aber war wie ein Abenteuerfilm im Fernsehen – spannend, aber weit weg. Kino in Omas Küche.

Viel später begriff ich, dass dies auch meine Geschichte war. Da war Oma jedoch schon gestorben und ich konnte ihr nicht mehr zuhören. Aber ich erinnere mich noch genau an diesen Satz: „In der Vergangenheit liegt der Schatz der Zukunft."

Folgendes hat mir Oma eines Tages in ihrer Küche erzählt und das ist auch der Grund für unsere Reise jetzt.

1993, Omas Küche

Eines Tages saß ich wie so oft allein mit meiner Oma in der Küche. Der kalte Regen im Chiemgau zwang die Menschen dazu, im Haus zu bleiben. Eine Option war da stets ein Gespräch an Omas Küchentisch. Jenseits der Verbindungstür in meinem Elternhaus wäre ich ohnehin allein gewesen.

Die Heizung spendete Wärme und Oma freute sich, dass sie auch nicht allein war. Es gab Schwarztee: die wesentlich bessere Variante und einzige Alternative zu den scheußlichen Hagebutten.

An der Wand hing Opas Bild. Er war 1990 an den Folgen seiner chronischen Lungenerkrankung gestorben – friedlich in einem Krankenhaus. Übrigens hatte sich Opa seinen Charme und Witz bis zum Ende erhalten.

Omas Uhr an der Wand tickte gleichmäßig wie ein Herzschrittmacher. Darunter stand der Lehnsessel, in dem Opa immer residiert hatte, daneben das alte Radio, so groß wie der Koffer eines Handgepäcks. Löcher im Leder hatte Oma mit einer Wolldecke versteckt. Zu ihren Füßen lag ein elektrisches Heizkissen.

Viel zu selten war ich zu Oma hinübergegangen, um ihr Gelegenheit zum Reden zu geben.

Und ich war mittlerweile Assistenzarzt im Krankenhaus der Stadt. An diesem Vormittag hatte ich aber frei und genug Zeit.

Ich hatte Oma vor wenigen Stunden von der Klinik, in der ich auch arbeitete, abgeholt und nach Hause gefahren. Sie wurde dort wegen einer Darmblutung, die glücklicherweise bereits in der Koloskopie schon nicht mehr nachweisbar war, stationär aufgenommen. Aber sie hatte Blut verloren und sollte eine Transfusion erhalten.

Sie wollte aber auf keinen Fall eine Transfusion, weil sie in einer Zeitschrift, deren Namen ihr entfallen war, gelesen hatte, dass man mit Blutübertragungen AIDS und sonstige schreckliche Erkrankungen bekommen konnte. Aber Gott sei Dank: Ich hatte gerade Dienst und konnte sie am gleichen Abend noch überzeugen.

Zeit für Erzählungen hatte ich jedoch nicht – dafür waren die Nachtdienste auf der Inneren Medizin für Assistenten zu arbeitsreich. Teilweise hatte ich ihre Fragen unfair abgewürgt. Aber ich versprach ihr, sie nach meinem Dienst am nächsten Morgen heimzufahren und dann ein wenig bei ihr zu bleiben und ihr zuzuhören.

Nun saß ich müde vor meinem Tee in ihrer Küche und lauschte mit halbem Ohr. Ich vermisste den starken Krankenhauskaffee, denn Oma war ausschließlich Teetrinkerin gewesen.

Meine Gedanken verweilten ohnedies noch bei den Geschehnissen der vergangenen Nacht. Hatte ich auch nichts übersehen? Dazwischen vernahm ich Omas Stimme, die heute etwas aufgeregter als sonst war. Ich dachte, dass dies dem Krankenhausaufenthalt geschuldet sei. Aber ich irrte mich.

Ich habe unsere Wertsachen vergraben, bevor wir wegmussten, sagte Oma plötzlich. Eine tiefe Ernsthaftigkeit lag in ihrer Stimme.

Zuerst habe ich das gar nicht wahrgenommen, dann wiederholte sie den Satz und beugte sich über den blau gestrichenen Holztisch nach vorn. Sie sah mir nun in die Augen.

„Was wir nicht mitnehmen konnten, habe ich in eine Kiste getan, und diese habe ich im Garten vergraben."

Nun starrte ich sie an. Was für Wertsachen denn? Geld und Schmuck? Ringe und Ketten? Und wo vergraben?

„Na alles, was wir nicht mitnehmen konnten."

Aber sicher nicht den Ring, den Oma von ihrer Mutter geschenkt bekommen hatte. Den wollte sie immer bei sich tragen.

So hat sie das erzählt. Und ich hörte weiter zu.

„Wir hatten nur kurz Zeit, um zu verschwinden. Die Tschechen und die Russen würden uns nicht behalten wollen und waren uns auch nicht wohlgesonnen nach dem Krieg. Nicht nachdem, was die Deutschen ihnen angetan hatten. Wir durften nur mitnehmen, was wir tragen konnten."

Oma trank einen Schluck Tee, dann fuhr sie fort:

„Der Krieg war gerade zu Ende, Hitler hatte kapitulieren müssen, wir waren heimatlos. Ich habe Opa direkt vom Dorfbrunnen mitgenommen, wo sie ihn angebunden hatten. Wir sind dann sofort aufgebrochen. Nur weg! Opas Husten kam uns zugute. Ich hatte jedem erzählt, dass er eine ansteckende Lungenkrankheit hätte. Denn die Russen hatten panische Angst vor ansteckenden Krankheiten. Die Tschechen waren froh, dass wir Deutschen gingen. Es war jetzt ihr Land. So dachten sie jedenfalls."

Ich schwieg und sah sie an. Der Nachtdienst war aus meinen Gedanken völlig verschwunden. Plötzlich war ich hellwach!

„Da war noch wenig Geld, das uns geblieben ist. Auch Opas Kunden, die Steins und die Rosenbergs, waren weg. Tot oder geflohen, wer wusste das damals schon."

Meine Neugier war nun geweckt:

„Du hast das ganze Geld im Garten vergraben?"

„Ich habe das Wertvollste vergraben, das wir hatten. Wenn das die Leute gesehen hätten, wären wir nicht sicher gewesen. Wir hatten Angst vor den Tschechen und den Deutschen, den Polen und den Russen, vor allen einfach."

„Wo hast du denn das Geld vergraben? Und Schmuck?"

„Es gibt viel wertvollere Dinge als Geld. Es ging um unsere Zukunft."

Nun verstand ich gar nichts mehr. Was für Wertsachen hatte meine Oma vergraben und was war wichtiger als Geld oder Wertsachen, mit denen man Essen kaufen konnte?

Bevor ich nachfragen konnte, hob Oma ihre rechte Hand, was mir bedeuten sollte, still zu sein.

„Neben dem Schuppen im Garten, er war hinter meiner Brombeerhecke. Mein Gott, habe ich die Brombeeren geliebt. Deine Mutter hat leider nie wieder welche angebaut. Es gab im Schuppen eine Luke zu einem Raum darunter, zuerst wollten wir Opa da drinnen verstecken, aber das war nicht sicher. So dachte ich, dass es auch nicht sicher für eine Kiste wäre und habe nur die Schaufel mitgenommen. Dann habe ich eine Stelle zwischen Schuppen und Brombeeren gewählt, wo man nur mit Mühe hingelangt. Hab' mir auch die Haut aufgekratzt im Gebüsch. Dahinter kam gleich der Wald. Gesehen hat mich keiner. Alle anderen haben ihre Sachen gepackt."

„Glaubst du, das Geld ist noch dort? Gibt's denn den Schuppen noch? Und euer Haus?"

Ich konnte nun nicht mehr ruhig sein. Ich wollte noch vieles fragen, aber Oma war ganz plötzlich eingeschlafen. Das passierte in letzter Zeit immer häufiger. Außerdem waren die Blutung und das Krankenhaus sicher anstrengend gewesen für eine damals immerhin 88-jährige Frau. Man konnte es an dem gleichmäßigen Schnarchen durch ihre Nase hören. Ich deckte sie zu und ging über den Dachboden zurück in mein Zimmer.

An diesem Abend wollte ich zum ersten Mal mehr über die Heimat meiner Großeltern erfahren. Meist hatte ich abgeschaltet, wenn die ewig gleichen Geschichten aus der Vergangenheit kamen. Ich schämte mich nun ein bisschen für meine Unaufmerksamkeit und nahm mir vor, morgen nachzulesen.

Dann gewann jedoch auch bei mir die Müdigkeit die Oberhand und ich schlief bald ein. Ärzte nach Nachtdiensten knicken irgendwann ein.

Jetzt

Es wird langsam dunkel und wir nähern uns dem Ziel. Da ist das Hotel, das ich gebucht habe, sagt Esther. Sie hat zielsicher den Ort erkannt und auch sogleich die richtige Straße gefunden. Sie ist ein Talent, was Planung und Organisation betrifft. Das Hotel ist eine Herberge und sieht sehr gemütlich aus.

Ich gebe ihr zu verstehen, dass ich richtig müde bin und strecke meine Glieder.

„Nicht jammern", sagt sie. „Schließlich war es deine Idee, unsere letzten freien Tage hier zu verbringen. Jetzt schaust du mich genauso mitleiderregend an wie einer unser Hunde und die haben wirklich herzzerreißende Blicke drauf."

Ich habe grossen Hunger.

Das Haus ist uralt und wurde sicherlich seit der Erbauung nicht mehr renoviert. Der Wirt findet nach vielen Versuchen unsere Reservierung in seinem PC. Dann beziehen wir unsere Zimmer. Eine Frau lächelt uns aus dem Nebenraum heraus an, ein warmherziges Lachen, das mich irgendwie an Oma erinnert. Egal, ich darf jetzt nicht schon wieder träumen.

Wir finden unser Zimmer und ein Bett, das auch nicht breiter ist als unser Bett daheim. Aber da liegt jetzt eine französische Decke. „Die gehört uns beiden, nur so als Tipp für die Nacht", sagt sie.

„Du kannst sie ganz haben, ich bin so müde, dass ich auch auf dem Stuhl schlafen könnte." Ich gebe ihr einen Kuss auf die Wange.

Dann begeben wir uns in das Restaurant im Erdgeschoss – ich bin hungrig wie ein Wolf. Graue Tapeten, Holztische, jeder mit einer Kerze. An den Wänden Bilder, wahrscheinlich vom Ort hier oder von den Nachbarorten. Sowie ein Bild vom Wirt mit der Frau und dem kleinen Mädchen. Eine Familie also.

Dann folgt die Belohnung für die lange Fahrt mit dem besten Schweinebraten, den ich je gegessen hatte – oder war es nur mein schrecklicher Hunger?

Dazu gibt es böhmische Knödel mit frischem Kraut.

Statt unseres geliebten Barolos genießen wir heute tschechisches Bier.

Mit Schaumkrone, eiskalt und wundervoll.

Die Briten sagen, wenn es lustig ist, bläst man den Schaum von den Biergläsern. Ich kann es nachfühlen, denn ich habe gute Laune trotz der bleiernen Müdigkeit.

Ein Gefühl von Geborgenheit stellt sich ein: Und das nach einer Fahrt, auf der wir uns noch mehrfach gestritten hatten. Aber jetzt reden wir ohne Punkt und Komma so einfach drauflos und vergessen die Zeit. Die Kerze brennt herunter und irgendwann stehen wir auf.

Wieder im Zimmer und hundemüde. Der gute Nachtkuss geht in Sekundenschnelle in den Tiefschlaf über.

Esther will mich noch etwas fragen. Sie hatte bereits während der Fahrt mehrfach den Versuch unternommen, mit mir über eine Sache zu sprechen, die ihr auf dem Herzen liegt.

Aber ich bin schon eingeschlafen.

Irgendwo in Bayern im Jahre 1946

Kalte graue Mauern weisen mit lieblosem Gesicht die Menschen ab, die hier Zuflucht suchten – ein Omen für die Zukunft?

Nach langen Reisen weg aus der Heimat. Keiner weiß, was schlimmer ist: Müdigkeit oder Hunger, die Schmerzen in den Beinen oder die im Rücken? Oder die schrecklichen Erinnerungen? Oder der Husten?

Die Flüchtlinge stehen in Reih und Glied auf dem Hof der Kaserne. Die gemeinsame Sprache und die Reisestrapazen einen die Menschen, aber auch die Angst vor dem, was kommt, eint sie.

Regen, Nebel, ein Frösteln, das im Körper hochkriecht – aber wenigstens weit weg vom Dorf und weg von denen, die gefesselte und wehrlose Männer bespuckt und beschimpft haben. Menschen brechen, die bereits gebrochen waren.

Erschöpfung und Angst bei den einen. Wut und Zorn bei den anderen – die Saat des Krieges. Genährt von Hunger, Krankheit, Verlusst und Tod.

Ein Trauma, das lange nachhallt.

Nach der völkerrechtswidrigen Annexion der Tschechoslowakei und dem Einmarsch der deutschen Wehrmacht wurden Tausende politische Gegner von den Deutschen verhaftet und ermordet.

Tatsächliche oder vermeintliche, aber was zählte das schon. Langfristig war eine Germanisierung des Gebietes geplant. Wie die Aufforstung von Wäldern ...

Aber die Wehrmacht war geschlagen, und die Deutschen mussten alle weg. Das hatte sich der Beneš noch während des Weltkrieges von den späteren Siegermächten zusichern lassen.

„Odsun": Das heißt „Abschub" oder „Abtransport".

Circa zwei Millionen Deutsche aus der Tschechoslowakei mussten in den Jahren 1945 und 1946 ihre Heimat verlassen: Sudetendeutsche, Deutschböhmen, Sudetenschlesier und eben auch die Deutschmährer, wozu die Familie meiner Oma gehörte.

Stellvertretend für alles Leid hatten sie damals dort am Brunnen gestanden. Die nackte Angst in den Gesichtern. Der Hass des Krieges, der alle Menschen vergiftet, hatte nochmal seine hässliche Fratze gezeigt, obwohl er doch mit der Kapitulation Hitlers beendet war. Versöhnung und Vergebung ausgeschlossen.

Statt germanischem Wald sollte nun ein neuer gepflanzt werden. Das war jedenfalls der Wunsch von Herrn Stalin. Bäume sind stumm und leidensfähig.

Dann der Aufbruch, stets befürchtet, jetzt eine Erlösung. Weg aus der Heimat, die viele nie mehr wiedersehen sollten. Was mitnehmen außer Angst und Erinnerungen?

Eine Reise, die nie zu enden schien. Und wo war das Ziel? Und war es überhaupt wert, wegzugehen, statt da zu sterben, dort in der Heimat, wo man doch immer schon war?

Keine Kraft mehr zum Nachdenken.

Auf diesen Reisen sollten über 5000 Menschen sterben, meist an Krankheit oder Unterversorgung. Nicht Oma – sie hatte ihre Familie zum Überleben angetrieben.

Jetzt also die Kaserne hier, in einer geschichtsträchtigen Stadt in Bayern. Aber das interessierte damals niemanden.

Obwohl die Kasernenwände wie Gefängnismauern aussahen, dachte wohl jeder: Geschafft, hier werden die Menschen verteilt in ihre neuen Städte und Wohnungen, neben neue Nachbarn.

Niemand sprach von Heimat.

Eine laute und monotone Stimme verteilte alphabetisch die Heimatlosen in neue Orte.

Die Familie vernahm ihren Bestimmungsort – ein kleines Dorf in Bayern.

Oma hat später immer erzählt, dass da die katholische Kirche ihre Hand im Spiel gehabt hätte. Pius XII. habe darauf geachtet, dass die doch überwiegend katholischen Flüchtlinge nur in Gegenden kommen sollten, wo die Katholiken waren.

So gingen keine Schäfchen verloren an die Protestanten. Und Bayern ist ja erzkatholisch. Das war jedenfalls die feste Überzeugung meiner Oma. Wenn sie von etwas überzeugt war, hat sie dies wieder und immer wieder betont.

Das weiss ich aus den Erzählungen in der Küche.

Jetzt, in der Herberge

Als Esther und ich am nächsten Morgen aufwachen, ist es schon 9 Uhr. Seit wir zusammenwohnen und unsere Hunde haben, sind wir nie später als 7.30 Uhr aufgestanden. Nun aber haben wir Zeit, unsere Morgentoilette in Ruhe zu erledigen und zum Frühstück hinunter zu gehen. So viel Zeit und Muße sind richtig ungewohnt, aber schön.

Wir stellen erstaunt fest, dass wir die einzigen Gäste sind: Wahrscheinlich hatten es die anderen vorgezogen, früher abzureisen, wenn überhaupt jemand außer uns hier die Nacht verbracht hat.

Der Wirt kommt hinter seiner kleinen Rezeption hervor und schüttelt uns die Hand. Wahrscheinlich fragt er gerade auf Tschechisch, ob wir gut geschlafen haben. Wir nicken.

Die Wirtin begrüßt uns mit einem Lächeln, das mich erneut an Oma erinnert, und gießt uns aus einem Topf heiße Milch in unsere Tassen. Die Herzlichkeit ist erstaunlich und der Frühstücksraum geht fast direkt in die Küche über, nur getrennt durch eine Schiebetür.

Ein Mädchen, nicht älter als fünf Jahre, schaut hinter der Tür vor. Sie zieht die Tür nach vorn und schiebt sie wieder zurück. Das quietschende Geräusch scheint sie zu amüsieren. Sie lacht. Als sie erkennt, dass wir sie bemerken, verschwindet sie schnell.

Auf dem Tisch steht Kakaopulver. Esther wartet, bis die Wirtin ebenfalls verschwindet, um unbemerkt ihr eigenes Milchkaffeepulver aus der Handtasche zu ziehen. Das braucht sie morgens unbedingt, sie ist fast süchtig danach. Ich will eigentlich Kaffee bestellen, ohne den ich keinen Tag beginnen und überleben kann. Aber heute Morgen gebe ich zwei große Löffel Kakaopulver in meine heiße Milch. Auf keinen Fall will ich die liebenswerten Leute kränken. Kaba hatte ich zuletzt, als ich ein Kind war, getrunken – lange her. Und an meine Kindheit will ich nicht mehr denken. Nur an Oma.

Bayern, im Juli 2017

Wir waren allein in unserer Wohnung in einem Dorf in der Nähe der Stadt. Ich hatte noch Resturlaub und Esther hatte Prospekte vom Reisebüro geholt, die sie zusammen mit einem alten Schulatlas auf unserem Küchentisch ausbreitete. Wir suchten ein Ziel für eine Woche im September. Obwohl wir beide unsere Urlaube vor einem guten halben Jahr schon beantragt hatten, konnten wir uns bis dahin nicht einigen, wo wir die Tage verbringen sollten.

Mein Sohn aus erster Ehe war bei seiner Mutter. Wie immer. Meine Treffen mit ihm kamen nach der Scheidung so gut wie nie vor. Später habe ich ihm geschrieben und Antworten erhalten, förmlich und unpersönlich.

Und lauter Absagen, seinen Papa zu treffen.

Irgendwann hatte ich es aufgegeben, Kontakt zu suchen, was mir sehr schwergefallen war. Gespräche mit meiner Ex-Frau erfolgten sowieso ausschließlich über Anwälte. Mit dem Entschluss, mein Leben neu zu gestalten, sagte ich in einem Gerichtstermin, dass ich es leid sei, ständig mit dem Jugendamt zu besprechen, ob mein Sohn mich sehen wollte oder nicht.

Oder wie lange er hätte bleiben dürfen, wenn er nur einmal da gewesen wäre.

An diesem Tag hatte ich das bedrückende Thema „Scheidung" längst hinter mir und suchte mit meiner Esther ein Urlaubsziel.

Plötzlich war mein Zeigefinger auf dem Atlas nach Tschechien gewandert und in der Gegend um Olmütz hängengeblieben.

„Was ist los?", hatte Esther gefragt. „Du zeigst auf Osteuropa. Gestern hast du noch vom Meer erzählt, Nizza oder Venedig oder Barcelona."

Ich erläuterte ihr dann, dass hier die Gegend rund um die Stadt Olmütz sei, wo meine Großeltern aufgewachsen sind. Man musste die Karte auf Google Earth schon sehr vergrößern, um die Orte zu erkennen.

Meine Oma hat mir – als Opa schon lange tot war – einige Geschichten aus ihrer Heimat erzählt.

„Warst du bei den Erzählungen auch so aufmerksam wie heute beim Abendessen? Deine Träumereien nerven. Du willst doch nicht etwa wirklich nach Tschechien fahren?"

„Entschuldige, ich weiß es auch nicht, aber irgendwie habe ich sofort an meine Oma gedacht, als ich auf der Karte Tschechien gesehen habe."

Esther sah mich nun erstaunt an.

„Tom, du hast noch nie von deinen Großeltern gesprochen. Selbst von deinen Eltern weiß ich ja fast gar nichts. Du erzählst nie etwas aus früheren Zeiten Nur deine Ex-Frau habe ich ja kennengelernt."

Da war Esther noch die Anwältin meiner Ex-Frau.

Für meine Ex-Frau war es wohl schon ein Verbrechen, dass ich sie geheiratet hatte und nicht standesgemäß Karriere gemacht habe, sondern nur Allgemeinarzt geworden bin. Dann kam mein schrecklicher Unfall, über den ich nicht rede und auch Esther bisher nur wenig und sehr oberflächlich erzählt hatte

Esther nahm meine Hand. Sie wusste, dass ich manche Erlebnisse nicht mehr schildern möchte. Und sie hielt sich auch daran, mich nicht auszufragen.

Aber jetzt hatte ich unvorsichtigerweise angefangen, die Mauern zu lockern und zu sprechen.

Nun musste ich fortfahren.

„Früher, als ich ein Kind war, da haben wir mit meinen Großeltern Haus an Haus gelebt. Ich war oft bei ihnen, da ich sonst allein gewesen wäre."

Ich begann von Oma zu erzählen.

Zuerst von der Flucht und wie die Familie nach Bayern gekommen war. Dann von meinen Eltern und von Oma und Opa. Esther saß ruhig neben mir. Sie schien meine Ausführungen zu genießen. Sie war immer schon eine gute Zuhörerin. Auch liess sie mich nicht spüren, dass sie doch verwundert war, nicht früher mehr von Oma erfahren zu haben.

„Das ist eine schöne Geschichte", sagte sie als ich meine Erzählung beendet hatte. Das waren ihre einzigen Worte.

Ich sprach von den Eigenarten der Großeltern und da gab es genug. Ich erzählte und erzählte und Esther hörte zu.

Scheinbar war es für sie überhaupt nicht langweilig.

Dann nahm sie meine Hand.

„Ich weiß, wo Oma in ihrem Garten dort einen Schatz versteckt hat, das hat sie mir genau erzählt. In einer Truhe oder so was Ähnlichem. Neben dem Schuppen im Garten."

„Was für ein Schatz?"

Nun hatte ich nicht nur die ganze Aufmerksamkeit meiner Frau, sondern auch ihre Begeisterung. Offenbar hatte sie mir so eine Geschichte nicht zugetraut.

Ich war nun in meinem Element und konnte meinen Redefluss kaum stoppen:

„Als sie fliehen mussten war nur das Nötigste dabei, und Geld hätte man ihnen sowieso abgenommen, also hat Oma alles im Garten vergraben. Einen Schatz. Alle Wertsachen, Schmuck und so."

Ihre Erzählungen ließen mich das zumindest glauben.

Ich hatte nicht lockergelassen. Verstecktes Geld, Heimat, Flucht, Großeltern, Geheimnisse – ich hatte Esther bis weit nach Mitternacht erzählt und sie hat mir interessiert zugehört, was nicht immer selbstverständlich war.

Ich weiß auch nicht mehr, ob ich alles getreu der Erzählungen meiner Großmutter berichtet habe.

Wir hatten zum ersten Mal so lange miteinander geredet. Seit meiner Scheidung bin ich eher wortkarg gewesen, was die Familie und die Vergangenheit betraf.

Außerdem wollte ich Esther mehr Zuwendung schenken als mir. Ihr Mann war bei einem Verkehrsunfall ums Leben gekommen, als ihr Sohn noch sehr klein war. Einen ähnlichen Unfall hatte ich überlebt. So habe ich immer verstanden, wie es in ihrem Inneren aussah. Wir haben oft über ihre Geschichte gesprochen, aber selten über meine.

Ich hatte mich erfolgreich geweigert. Es tat gut, von ihr zu reden und nicht von mir – so richtig gut.

Aber an diesem Abend sprach ich ganz unerwartet von Oma. In all den vermeintlich schlechten Jahren war sie mir ein Begleiter. Auch nach ihrem Tod behielt ich Oma in meinen Gedanken und in meinem Herzen.

Kurz vor dem Einschlafen sagte Esther, dass sie gerne mit mir im September dahin fahren möchte. Meine Sehnsucht und Neugier hatten sie wohl überzeugt.

Und es war für sie sehr schön, mehr von mir zu erfahren.

Der Chiemgau 1946 und später

Dieses leere Haus sollte hier nun Herberge für die zahlreichen Flüchtlinge nach dem verlorenen Zweiten Weltkrieg sein. Nun sollte das Haus mit Hoffnungen gefüllt werden.

Ein Haus mit zwei Stockwerken und Platz für vier Familien, ein großes Haus, aber nicht groß genug für so viele Menschen. Nicht für so viele Bedürfnisse. Nicht für so viele Geschichten. „Heimat" sah anders aus – gab es so etwas überhaupt noch?

Opa und Oma fanden Arbeit und bauten sich bewundernswert ein neues Leben auf. Sie hatten es geschafft und alle waren noch am Leben und sollten nun in einer neuen Heimat zurechtkommen.

Später sind meine Großeltern in die Stadt gezogen.

Krieg und Flucht waren scheinbar weit weg.

Und Oma hat wieder Brombeersträucher im Garten angepflanzt. So viele, dass mir kaum Grasfläche blieb zum Rasenmähen. Aber vielleicht war das ja auch ihre Absicht gewesen. Wenn ich mit der Gartenarbeit bei Oma rasch fertig war, blieb noch genug Zeit für Geschichten.

Ich habe ihr gerne im Garten geholfen. Die Beeren hat sie aber stets selbst geerntet.

Jetzt, in der Herberge in Tschechien

Wir verabschieden uns von unseren netten Wirtsleuten und fahren einen Ort weiter. Dort soll es eine Tankstelle geben und eine Information für Touristen.

In Mähren ist die Zeit zwar nicht stehengeblieben, aber sie verstreicht zumindest langsamer als anderswo. Vor vielen Jahren war ich auf einer Reise in den Masuren. Die Landschaften ähneln sich.

Wir fragen nach einer Touristeninformation, es gibt aber keine. Eine Tankstelle finden wir auch nicht.

Obwohl die Menschen hier Fremden gegenüber misstrauisch scheinen, nehmen wir doch eine gewisse Hilfsbereitschaft wahr. Kein übertriebenes Gehabe. Niemand ist abweisend. Ich überlege kurz, warum.

Schließlich fahren wir weiter nach Olmütz, das nur wenige Kilometer entfernt liegt.

Olomouc ist die sechstgrößte Stadt in Tschechien und war der Mittelpunkt Mährens im 17. Jahrhundert. Die Jesuiten kamen 1566 und gründeten 1573 eine Universität. Nach dem Untergang Österreichs 1919 ließen sich die Tschechen hier nieder, später die Deutschen: Viele Menschen aus verschiedenen Kulturen, die dort nebeneinander wohnten.

1939 wütete die Wehrmacht in der Stadt, schloss die Universität und deportierte tausende Menschen in das Ghetto Theresienstadt.

Folter – Ermordung – Suizid. Das musste Spuren hinterlassen.

Der Krieg hinterließ traumatisierte Menschen.

Olmütz ist eine schöne Stadt, in der man geschichtsträchtige Bauwerke besichtigen kann, dabei auch eine herrliche Synagoge. Meine Frau ist Jüdin.

Durch Esther habe ich tatsächlich Einblicke in ihre Religion bekommen, die mir bis dahin fremd war. Nach meinem Unfall hatte ich nur noch wenig Interesse für die Religion und den Glauben. Aber dank ihr hat sich etwas geändert mit meinem Atheismus.

Als Kinder hatten wir jeden Sonntag in die Kirche im Ort gehen und den katholischen Gottesdienst besuchen müssen. Das war in Bayern so üblich. Nach dem Kirchgang waren die Männer noch zum sogenannten „Frühschoppen" in der Dorfwirtschaft, um Neuigkeiten auszutauschen, um Politik zu machen oder auch nur, um über das nächste Fußballspiel des Stadtvereins zu sprechen. Die Frauen standen derweil noch am Friedhof, um ebenfalls für sie wichtige Dinge zu besprechen, oder sie besuchten die Pfarrbibliothek. Zudem mussten sie für den Sonntagsbraten sorgen.

In meinen Studienjahren und auch in meinem späteren Berufsleben an diversen Orten war mir meine Zeit zu schade, um einen Gottesdienst zu besuchen.

Esther ist gläubige Jüdin. Für sie sind Gebete steter Begleiter des Alltags. Als wir beide vor vier Jahren in Prag gewesen waren, hat sie mir jüdische Bräuche und Symbole in der Prager Synagoge erklärt – sehr eindrücklich. Erklären kann sie ebenfalls hervorragend, was wohl ihrem Beruf als Anwältin geschuldet ist.

Wie in Prag sind auch hier in Olmütz die Besuche in der Synagoge prägende Erlebnisse, die zum Schweigen und Nachdenken anregen. Insbesondere wenn man Bilder sieht, die von sieben oder acht Jahre alten Kindern gemalt wurden, die später in Konzentrationslagern sterben mussten. Sie hatten nie etwas anderes gesehen als das Lager.

Nun sind wir beide in Gedanken und gehen wieder über die Pflastersteinstraßen. Keiner spricht. So stolpern wir über Inschriften auf dem Pflaster.

Wir fragen einen jungen Mann mit Zöpfen und einer schwarzen Kutte, was diese Tafeln im Boden bedeuten. Er stellt sich uns als Rabbi vor, der hier lebt und auch für die Denkmalpflege zuständig ist. Wir haben Glück, jemanden zu treffen, der sich auskennt.

Er ist wahrscheinlich froh, dass die gedankenverlorenen Besucher nicht über ihn gestolpert sind. Er nimmt sich Zeit und erklärt uns auf Englisch – er spricht kein Deutsch, wir kein Tschechisch.

Das sind Stolpersteine, sagt er, Kunstwerke von Gunter Demnig, die an die Opfer des Nationalsozialismus erinnern. Er erklärt sehr freundlich.

Wir erfahren, dass es diese Steine in vielen Städten in Europa gibt und wir finden das gut.

Im Stadtführer ist alles nachzulesen. Man kann 213 solcher Steine hier bewundern. Ein Stein verspricht keine Wiedergutmachung, aber er bleibt eine zeitlose Erinnerung. Juden legen Steine auf die Gräber ihrer verstorbenen Mitmenschen. So werden diese Menschen und ihr Schicksal nicht vergessen.

Wir bedanken uns bei dem Rabbi und gehen zurück zum Auto.

Es beginnt auch gerade leicht zu regnen.

Esther hat die ganze Zeit meine Hand gehalten und ich habe sehr aufmerksam zugehört.

Später, auf der Heimfahrt von Olmütz

Wir sprechen noch über den vergangenen Tag und stellen fest, dass wir uns die gesamte Fahrt unterhalten haben. Keine Pausen. Keinerlei Streit.

Abends genießen wir Schnitzel und böhmische Knödel. Es ist Samstag und noch vier weitere Gäste sind im Speisesaal.

Am Tisch neben uns sitzt ein Paar, auffällig bunt gekleidet. Beide reden immer gleichzeitig.

Leider entdecken sie uns. Der erste Blick der fremden Frau verrät sofort: Hier will jemand mit uns ins Gespräch kommen. Sie fragen viel und warten gar nicht die Antworten auf die Fragen ab.

Er zählt uns die kulinarischen Vorzüge der hiesigen Region auf, wobei ihn seine Gattin aufmerksam korrigiert. Mein Blick sollte ihnen unmissverständlich verraten, dass mich ihre Essensgewohnheiten herzlich wenig interessieren. Aber der Redeschwall setzt sich fort. Fremdschämen ist angesagt. Esther berichtet mir später, dass der Wirt alles mitangehört hätte. Hoffentlich versteht er kein Deutsch.

Schließlich verabschieden wir uns. Auf dem Weg nach oben bitte ich den Wirt noch um eine Flasche Wasser und will ihm etwas Nettes sagen. Aber mir fällt nichts ein. Er schaut jetzt missmutig aus. Aber ich spreche kein Tschechisch. Auf Englisch sage ich ihm, dass das Essen ausgezeichnet war.

Esther winkt seiner Tochter. Ich ärgere mich über unsere peinlichen Nachbarn. In diesem Moment bereue ich, dass ich ihnen das nicht deutlich zu verstehen gegeben habe.

„Ich bin froh, dass du nichts gesagt hast", flüstert Esther später und betont die Bedeutungslosigkeit solcher Begegnungen.

In dieser Nacht schlafe ich äusserst schlecht und weiß nicht so recht, warum. Vielleicht habe ich Angst vor dem, was der nächste Tag bringen wird.

Für den nächsten Tag planen wir den Ausflug nach Dlouhá Loučka, wo wir auch das Haus meiner Großeltern finden wollen.

Vor der Abreise nach Tschechien hatte ich bereits tagelang Karten im Internet durchgesehen und war mir sicher, wo wir das Haus finden werden. Am Ende des Dorfes, kurz vor einem Wald. Es ist sogar eine Straße eingezeichnet.

Auf Google Earth ist dort noch ein Haus zu sehen. Der Papierausdruck liegt vor mir auf dem Bett in der Herberge. Ob dort jemand wohnt? Und wenn, lebt er oder leben sie da schon seit Kriegsende? Was werden sie wohl sagen, wenn wir läuten? Was hatte dieses Haus für eine Geschichte, seit meine Großeltern dort weg sind?

Dlouhá Loučka,
ein Dorf in Tschechien, im Jahre 1946

Die Deutschen sind endlich weg. Hoffentlich kommen sie nie wieder.

Karol ist als Einziger von seiner Familie übriggeblieben. Seine Eltern waren von der deutschen Wehrmacht ins Ghetto gebracht worden, einfach so und ohne Erklärung. Da war er 16 Jahre alt und bei den Nachbarn versteckt. Was hatte er damals geweint und Angst gehabt – und vor allem gehungert. Sein Bruder war in den Krieg gezogen, um die Nazis aufzuhalten und war seither nicht mehr gesehen worden.

Einige Männer sind vom Krieg heimgekommen. Für Karol kam niemand.

Nun ist Karol 21 Jahre alt und steht am Brunnen in Dlouhá Loučka.

Am Geländer sind die verhassten Deutschen gefesselt. Viele Leute stehen darum herum – neugierig und hasserfüllt. Nur mühsam kann das Militär verhindern, dass sie umgebracht werden. Sie müssen weg. Ja, Karol sagt sich, dass es das Beste ist und dass sie nie wieder herkommen dürfen. Das müssen die neuen Machthaber in Prag und die Russen garantieren.

Karol sieht die Angst in den Augen, vor allem in den Augen der Kinder. Er hatte auch solche Angst vor der Wehrmacht gehabt. Nun haben die Deutschen Angst vor ihnen.

Eine Frau stützt ihren Mann, der heftig hustet. Zwei Kinder tragen kleine Säcke. Wohl deren ganze Habe. Karol sieht kurz der Frau in die Augen – sie zeigt keine Angst und sieht sehr entschlossen aus. Sie wird bestimmt eine neue Heimat finden. Karol sieht ihr lange nach.

Seit einiger Zeit hat Karol auch Probleme mit dem Husten und dem darauf folgendem Auswurf.

Er denkt an seine Eltern und den Bruder, die er allesamt nie mehr wiedersehen wird. Dreckspack, diese Deutschen, wollten die Welt so machen wie sie selber sind, böse und aggressiv. Kalt wie der Statthalter in Dlouhá Loučka oder wer das auch immer war. Hat Menschen vor diesem Brunnen erschießen lassen wie kranke Hunde, bis er selber vor einer guten Woche erschossen worden ist wie ein tollwütiges Tier.

Zwei Soldaten befestigen eine russische Fahne am Brunnen. Bei ihrem Anblick überkommt Karol irgendwie ein ungutes Gefühl. Hier ist nicht Russland. Hier ist ein anderes Land, eine andere Geschichte. Eine neue Zukunft. Aber Hauptsache ist, dass die Nazis jetzt erst mal besiegt sind und nie wieder kommen. Dann sehen wir, was die Zukunft bringen wird.

Karol umarmt ein junges Mädchen, das stumm an seiner Seite steht und keine Schuhe anhat. Nicht jeder hatte jetzt Kleider – das war wohl das Einzige, was Flüchtende und Bleibende nun vereinte: Armut, keiner hatte was, außer Erinnerungen.

Das Mädchen hatte lange Zeit mit kalten Augen die Menschen angesehen, nun lacht es zart zu Karol hinauf. Später wird er ihr sagen, dass er sie heiraten will, obwohl sie erst 17 Jahre alt ist. Aber sie hat auch niemand mehr. Den Vater hatte sie nie kennengelernt und die Mutter war im Krieg an einer ansteckenden Krankheit gestorben. So hatte man es ihr erklärt. Karol meint, dass man viele nun gehen ließ, weil sie bestimmt auch etwas Ansteckendes hätten und sie das mitnehmen sollten.

Eigentlich stammten sie beide aus der Gegend um Olmütz. Auf ihrer Flucht vor den Deutschen waren sie lange in den Wäldern. Aber Lena – so hieß das Mädchen – konnte irgendwann die Kälte nicht mehr ertragen. So waren sie weitergewandert, weiter und immer weiter. Bis sie sich in einer verlassenen Scheune verstecken konnten. Das war hier in Dlouhá Loučka. Keiner wusste, warum sie leer stand. Möglicherweise waren die Besitzer deportiert worden. Oder umgebracht. Karol interessierte das nicht. Aber sein Husten war in dem Stroh schlimmer gewesen.

Sie konnten nicht mehr nach Olmütz zurück: Das hatte jemand vom Militär zu Karol gesagt. Sie sollten ein Haus beziehen hier in Dlouhá Loučka am Ende der Straße, die zum Wald führt. Hier sollen jetzt nur noch Tschechen wohnen, niemand anderes. So sei das beschlossen.

Die neuen Machthaber teilen ein. Niemand kann machen, was er will. Eine neue Zeit beginnt.

Dort im Dorf war er gestern schon einmal und hatte sich auf das neue Heim gefreut. Wie ein neugieriges Kind hatte er versteckt hinter einer Brombeerhecke das Haus vom Wald aus betrachtet. Niemand war da, der ihn hätte suchen können. Dann war er einfach in das Haus hineingegangen, denn die Tür stand offen. Aber das Haus war leer gewesen. Offenbar geplündert, denn die Deutschen konnten ja gar nicht so viel mitnehmen. Keine Kleider, kaum Möbel, kein Geschirr, keine Bilder. In der Not schaut jeder auf sich selber – da gibt es wenig Moral.

Das neue Heim für Karol und seine Frau ist also eine vollkommen leere Hülle, die sie nun bewohnbar machen sollten, aber es ist ein festes Dach über dem Kopf.

Ach ja, einen Schuppen im Garten gab es auch. Der Garten war im Gegensatz zum Haus sehr schön, viele Blumen und Sträucher. Brombeeren, Stachelbeeren, Johannisbeeren. Wild, aber schön.

Als Karol um das Haus herumging, nahm er bereits den verwesenden Geruch wahr. Neben den Sträuchern und gegenüber dem Schuppen lag ein toter Hund. Offenbar erschossen und weggeworfen.

Karol tat er leid. Dann nahm er eine Schaufel und vergrub das Tier gleich neben den Brombeersträuchern, dort, wo die Erde auffällig umgegraben aussah.

1965, auf dem Land in Bayern

Oma pflanzt bald Brombeersträucher im Garten der Tochter an.

Das musste sein! Darauf hatte sie zu lange gewartet. Sie liebt ja die Gartenarbeit über alles. Wenn sie in den langen Tagen des Marsches nach Bayern gebetet hatte, dann darum, dass sie und ihre Familie überleben, eine neue Heimat finden, gesund bleiben, kein Krieg mehr kommt. Oma hatte oft gebetet. Und ein kleiner Wunsch an ihren Herrgott bestand auch darin, dass sie wieder einmal einen Garten hätte und darin arbeiten dürfte. Ein kleiner verschämter Wunsch neben all den großen Bitten an den lieben Gott.

Haus und Garten liegen am Rande der Stadt, wo kaum Häuser stehen, umgeben von Feldern und Wiesen. Das Leben ist ruhig. Gelegentlich sind Traktoren oder Kühe zu hören.

Manchmal grübelt sie, wenn sie arbeitet, erst recht, wenn sie zum Schuppen des Schwiegersohns sieht, der an der Ostseite des Gartens steht. Aber sie sagt nie etwas. In diesem Schuppen liegt Brennholz für den Kachelofen – so wie im Schuppen in Dlouhá Loučka. Daneben sind die Sträucher.

Ihre Tochter und deren Mann sind den ganzen Tag über nicht zu Hause. Auch ihr eigener Mann hat in der neuen Stadt wieder eine Arbeit gefunden. So war Oma meistens allein daheim und ihr Rücken schmerzte von Tag zu Tag etwas mehr, abhängig vom Wetter. Eine Operation hatte sie nie erwogen, aber dafür Schmerzmittel von ihrer Hausärztin bekommen. Und Hauptsache, es war weiterhin möglich, im Garten zu arbeiten.

Sie trinkt eine Tasse Tee und wischt sich Schweiß von der Stirn. Sie sieht sich um. Birken stehen neben den Sträuchern und den Rosen. Ja, Rosen mussten auch her – Oma hat mehrere Sorten angepflanzt. Sie ranken sich an der Wand des Schuppens empor.

Oma ist glücklich.

Neben dem Schuppen steht ein Kinderwagen unter einer Birke. Das Kind darin schreit laut. Es ist auch allein.

Alles gut, Tom, sagte Oma leise. Dann singt sie das Lied von der „alten Uhr".

1977, im Chiemgau

Zwei Freunde gehen über den schmalen Weg durch den Wald zurück. Sie waren bei einer Geburtstagsfeier im Nachbardorf und haben sich verspätet. Im November ist es um sieben Uhr abends schon richtig dunkel und kalt. Der eine zieht die Kapuze der Jacke über den Kopf.

Die Mutter wird nicht gerade begeistert sein. Die Schritte werden immer schneller. Mit kurzem Gruß biegt der Freund ab und läuft auf ein Haus zu.

Der andere geht umso schneller weiter – allein. Er atmet tief durch, während der Wind durch die Baumwipfel pfeift. Nur noch die kleine Anhöhe hinauf zum Wasserreservoir und dann den Pfad hinunter zur Straße.

Auf dem Weg nach unten knacken Äste, der Junge dreht sich ängstlich um – nichts. Schaudernd denkt er an den Horrorfilm, den er heimlich im Keller seines Freundes vor wenigen Wochen angesehen hatte. Gruselig – anschließend hatte er kaum geschlafen und am folgenden Tag eine Fünf in der Englischarbeit geschrieben. Derselbe Schauer überkommt ihn jetzt wieder. Er sieht selber aus wie ein Geist in schwarzer Jeans und schwarzem Mantel.

Als die Anhöhe erreicht ist, läuft der Junge zügig bergab. Er kennt den Weg hier wie alle Schleichwege, auf denen er früher mit seiner Großmutter oft spazieren war – jedenfalls, soweit Omas Hüfte das alles ausgehalten hatte. Opa war nie gern in den Wald gegangen und seine Eltern hatten den ganzen Tag gearbeitet.

Nur noch wenige Meter, dann ist die Dorfstraße erreicht, dann leuchten die Straßenlampen und geben Sicherheit.

Es knackt erneut und der Junge dreht sich um – wieder niemand zu sehen.

Doch plötzlich steht ein Mann vor ihm – er ist aus dem Nichts gekommen. Der Mann steht direkt vor ihm, er sagt nichts.

„Hallo", flüstert der Junge erschrocken. Er zittert. Dann will er an dem Mann vorbei, der ihm den Weg versperrt.

Der Mann ist etwa einen Meter siebzig groß, trägt eine schwarze Mütze und hat einen Vollbart. Er wirkt untersetzt, nicht besonders muskulös, und er geht nicht aus dem Weg.

„Mein Junge, wohin des Weges, so eilig?", gurgelt seine Stimme. „Nachts ganz allein hier im Wald?"

Der Junge will nun auf der anderen Seite an dem Mann vorbei, aber dieser greift nach seinem Arm. Das Gesicht des Mannes ist nicht zu erkennen.

Wie vom Blitz getroffen zieht der Junge den Arm weg. Aber es nützt nichts. Sein Angreifer hat ihn gepackt und zieht ihn zu sich. Er dreht den Jungen. Gleich wird er sein Gesicht sehen.

„ Mit dem Knie fest in den Unterleib treten „ Das hatte Oma ihm mal gesagt, wenn Du angegriffen wirst. Und das fällt dem Jungen ein, als der Mann ihn umdreht.

Laut jault der Angreifer auf, als ihn das Knie an seiner empfindlichsten Stelle trifft. Das ist Zeit genug für den Jungen, sich loszureissen und wegzulaufen in den Wald hinein, den Weg hinauf zum Wasserreservoir. Die Schritte des Mannes hört er hinter sich.

Nach wenigen Schritten gabelt sich der Weg und der Junge schlägt den Weg nach rechts ein, dreht sich schnell und springt zur anderen Seite in ein Gebüsch. Er weiß, dass dort ein Pfad wieder hinunter führt.

Ein Schrei, ein Stöhnen. Offenbar ist der Mann hinter ihm gestürzt. Die Zickzack-Kurven des Jungen waren zu schnell und der Boden zu rutschig. Matsch und glatte Wurzeln, nasse Steine.

Aber der Mann ist wieder aufgestanden und hat das Gebüsch erreicht. Der Junge ist nicht mehr zu sehen. Er hat sich hinter einem Baum versteckt und
der Mann scheint die Spur verloren zu haben.

„Ich weiß, dass du da bist, komm zu mir, ich krieg dich sowieso."

Dann lacht er hysterisch. Er heult wie ein verwundeter Hund. Er öffnet seine Hose, zieht die Unterhose herunter und greift in diese. Sein Atem wird schneller. Aber offenbar halten die Schmerzen nach dem Tritt den Mann ab, das zu tun, was er wollte.

Der Junge rennt. Wie ein Tier auf der Jagd. Er weint. Ein Blick nach unten – die Straßenlaterne. Er läuft weiter. Weiter und weiter nach unten. Hinter jedem Baum bleibt er stehen und sieht sich um. Seine Kleidung ist verschmutzt. Dann hört der Junge einen Schrei und beginnt zu rennen.

Er rennt, bis er zu Hause ankommt. Er sucht zitternd seinen Haustürschlüssel.

Wo ist der Mann?

Als der Haustürschlüssel nicht gleich passen will, schreit auch er. Dann wird die Tür geöffnet. Er läuft sofort an seiner Oma vorbei ins Haus. Versehentlich hatte er versucht, die Tür zur Wohnung seiner Großeltern aufzusperren. Die Tür des Elternhauses wäre gleich daneben gewesen.

Er geht ins Bad und muss sich übergeben. Dann geht er hinüber in das Haus seiner Eltern. Gott sei Dank ist niemand zu Hause. Er geht in sein Zimmer und sofort zu Bett.

Er ist nie wieder in seinem geliebten Wald gewesen und hat nie jemandem davon erzählt.

Jetzt, in Tschechien

Am Sonntag schlafe ich zu Hause meist sehr lange. Esther schläft üblicherweise schlechter als ich und wacht nachts oft auf. Dann liest sie irgendwelche Bücher, meist juristische Fachliteratur, bis sie wieder einschlafen kann.

Ich dagegen schlafe fast immer durch. Auch wenn ich nachts mal aufwache, kann ich sofort wieder einschlafen – ein Training durch die zahlreichen Nachtdienste als Assistenzarzt.

Nun ist es umgekehrt. Esther ruht und ich liege wach. Ein paar Sonnenstrahlen scheinen durch das Fenster unserer Herberge. Sie lassen die fahlen Vorhänge erstrahlen. Heute wird es wärmer als gestern. Ich habe mir immer wieder die Karte angesehen und schätze den Weg ab. Eigentlich sinnlos, da unser Auto ein Navigationssystem hat.

Leise stehe ich auf und schleiche ins Bad. Esther schläft immer noch und atmet gleichmäßig.

Ich schließe leise die Tür und begebe mich hinunter in die Eingangshalle, die mit dem Speisesaal und der Küche fast schon verschmilzt. Die Wirtin und das Mädchen sind in der Küche. Ohne Esther will ich nicht frühstücken. Daher gehe ich kurz ins Freie, wo mich die kühle Luft überrascht. Ich hatte es wärmer erwartet. Nur mit T-Shirt und ohne Jacke bekleidet fröstelt es mich doch. Ich reibe mir die Arme und will gerade wieder ins Haus zurück, als ich den Mann neben mir wahrnehme.

Der Wirt steht am Geländer der Veranda, die vor dem Haus ist. Sein Privatbereich. Ich entschuldige mich und möchte wieder hineingehen. Aber er macht eine Handbewegung, die mir zeigt, dass ich ruhig dableiben soll. Er ist ein gemütlicher Mensch. Ich stehe nun neben ihm und weiß nicht, was ich tun soll. Jetzt wieder zu gehen wäre unhöflich.

Er raucht eine Zigarette. Obwohl ich kein Raucher bin, deute ich auf seine Kippe. Er schnauft kurz aus, lächelt und gibt mir eine Zigarette, zündet sie auch noch an.

Schweigend stehen wir nebeneinander. Ob er weiß, wie peinlich mir der gestrige Abend war. Und ob er wohl ahnt, dass heute ein ungewöhnlicher Tag für mich beginnt?

Ich bedanke mich, als die Zigarette ausgeraucht ist und gehe hinein. Keiner ist im Erdgeschoss. Als ich oben ins Zimmer komme, schläft Esther immer noch.

Gleich nach dem Frühstück fahren wir weiter.

Esther habe so gut geschlafen wie schon lange nicht mehr, und wir diskutieren heftig über den Kauf einer neuen Matratze, ja gar eines ganz neuen Bettes, wenn wir wieder daheim in Bayern sind.

Ich habe die Karten auf dem Schoß. Trotz des Navigationssystems ist es gar nicht so einfach, aber die Karten helfen.

Durch kleine Dörfer geht es.

Wir fahren durch einen Ort, der sogar eine Eishalle hat. Ja, richtig, die Tschechen gehören ja zu den besten Eishockeyspielern der Welt. Mehrfache Weltmeister und Olympiasieger. Ich habe einmal ein Spiel in Rosenheim gesehen, als der „Sportbund" noch erstklassig war. Einige Tschechen spielten auch dort und der Trainer kam auch aus der Tschechoslowakei.

Rosenheim ist eine Stadt in Oberbayern und war in meinen Augen immer hässlich. Erst nach der Landesgartenschau hat sich der Ort zu einem richtig schönen Städtchen gemausert. Ich war gerne dort im Stadion. Zweimal hat Rosenheim in dieser Zeit die deutsche Meisterschaft im Eishockey gewonnen.

Hier in Mähren braucht es keine Gartenschau, denn um jedes Haus im Dorf ist ein großer Garten. Nach dem Ort kommt ein kleinerer Ort, dann eine Wiese und dann ein Ortsschild – wir sind da.

Esther parkt das Auto.

1988, ein Krankenhaus im Chiemgau

Ich hatte gerade zwei Semester Medizin hinter mir und absolvierte eines der vorgeschriebenen Pflegepraktika. Dabei soll der angehende Arzt den Pflegekräften im Krankenhaus zur Hand gehen und auch lernen, was die Pflege alles zu leisten hat. Ich lernte Schüsseln mit Exkrementen auszuleeren, half beim Wenden, Waschen und Anziehen von schwerkranken Patienten und musste kilometerweise Zellstoff zusammenlegen.

Dies war der Wunsch der zuständigen Stationsschwester. Im Krankenhaus waren dies damals noch Klosterschwestern. Auf meiner Station gab es Schwester Immolata, auf der Nachbarstation Schwester Desolata.

Obwohl eine gewisse Schwelle zu erahnen war zwischen den Ordensschwestern und den – nun ja – weltlichen Krankenschwestern, beobachtete ich eine durchaus gute Stimmung untereinander und ein Gefühl auf der Station, dass alle gemeinsam etwas Gutes für die Patienten erreichen wollten. Die klösterliche Seite mit noch alten Methoden, die andere etwas moderner: Egal, denn viele Wege führen bekanntlich nach Rom.

Pflegekräfte haben keinen einfachen Beruf und dann auch noch einen für Familien unfreundlichen Schichtdienst. Zu wenig Gehalt für das, was sie leisten. Das ist allgemein bekannt, aber selten ein Thema im Wahlkampf. Ich beobachtete, dass die Patienten den Pflegekräften oft mehr anvertrauten als den Ärzten. Es war eine lehrreiche Zeit, wenngleich ich den Zellstoff später nicht vermisst habe.

Das tägliche Mittagessen in der Klinik, an dem außer den Pflegepraktikanten noch die Zivildienstleistenden teilnahmen, fand in einem Kellergewölbe statt. Ärzte speisten dagegen im ersten Stock im Casino. Aber das war auch nicht üppig ausgestattet. Lehrjahre sind eben keine Herrenjahre.

Neben dem Essensraum im Keller war die Raucherkammer, wo die Luft so schlecht war, dass Asthmatiker wahrscheinlich beim Betreten des Raumes tot umgefallen wären.

Daher folgte ich nach dem Essen nicht den anderen Kollegen zum Rauchen, sondern zog mich auf meine Station zurück, um mit den Schwesternschülerinnen zu reden, die auf strenge Anweisung der stationsführenden Ordensschwester nicht an den Mittagsübergaben teilnehmen durften. Es gab das Gerücht, dass sich die Ordensschwestern nach der Dienstübergabe und nach Beendigung des mittäglichen Vaterunsers einen weltlichen Kaffee gegönnt hätten und dass eine Flasche Cognac im Schrank mit der Zeit immer weniger wurde. Aber das waren Gerüchte.

Ich nahm wieder meine Arbeit als Zellstofffalter auf und begann, nachdem mir irgendwann die Finger beim Falten einschliefen, mit dem Austeilen in den Zimmern. Männer und Frauen waren damals zu viert in den Zimmern, natürlich streng getrennt. Mir fiel sonst nie etwas auf, aber an diesem Tag sah ich einen Topf mit Tee auf dem Nachttisch einer Patientin, die vor wenigen Tagen von einem Stück ihres Dickdarmes befreit worden war. Sie bemerkte, dass ich den Teetopf ansah.

Ob ich ihr heißes Wasser und einen Teebeutel holen könnte, fragte sie – das Kastrol sei leer.

Kastrol? Meine Oma sagt auch Kastrol zu einem Topf, entgegnete ich, und fragte, wo sie herkomme. Sie sagte, sie sei ein Flüchtling und komme aus einem Ort in Tschechien. Ich traute meinen Ohren nicht. Das war doch die

Geschichte meiner Großeltern. Freudig nahm ich den Gesprächsfaden auf und vergaß beinahe, ihr frisches Wasser für den Tee zu holen.

Bevor ich ging, erzählte ich ihr von meinen Großeltern, die auch geflohen waren. Wir verabredeten, dass meine Großeltern sie besuchen dürften, am besten am kommenden Wochenende, wenn es ihr besser ging.

Oma fuhr nicht mit. Aus irgendeinem Grund wollte sie niemanden aus der alten Heimat sehen. Das überraschte mich doch, da sie bis zu ihrem Tod noch eine Zeitung aus ihrer Heimat bezog.

Aber Opa war mit dabei im Krankenhaus. Er trug Anzug und Krawatte, er sah stattlich aus. Ich parkte auf dem Ärzteparkplatz, weil da am Wochenende immer Platz war, und fuhr mit ihm den Aufzug hinauf in den fünften Stock. Ich war ebenso gespannt wie er und zeigte ihm das Zimmer der Patientin.

Opa war gut eine halbe Stunde bei der Dame. Ich trank derweil mit den Schwesternschülerinnen einen Kaffee (ohne Cognac) und war sehr stolz auf mich, Opa eine Freude gemacht zu haben.

Als er aus dem Zimmer kam, sah Opa aber alles andere als glücklich aus. Eine Träne kullerte aus seinem rechten Auge, was ich bei ihm noch nie zuvor beobachtet hatte. Das Gespräch hatte wohl viele Wunden aufgerissen.

„Sie hat mich auch gar nicht erkannt", sagte Opa. Offenbar hatte die Dame Lücken im Gedächtnis; der Stationsarzt sprach in der folgenden Woche von einer Art Demenz. Vielleicht wollte die Dame aber auch gar nicht mehr von diesen Zeiten sprechen. Oder sie hatte selektiv diese Erinnerungen gelöscht.

Oma musste dies irgendwie geahnt haben.

Seitdem haben wir nicht mehr über die Heimat meiner Großeltern gesprochen. Bis zu dem Tag, an dem ich Oma vom Krankenhaus abgeholt habe.

Ich hatte begriffen, dass man mit der Vergangenheit sorgsam umgehen muss, wie mit einer zerbrechlichen Kostbarkeit. Also sprach ich einfach nicht mehr davon.

Im selben Jahr hatte ich meine erste Frau Amanda kennengelernt, die ebenfalls zu dieser Zeit Medizin studierte. Sie stammte aus München und aus einer Ärztefamilie mit Tradition. Wegen ihr habe ich meinen Studienort in die Landeshauptstadt verlegt.

Nach unserem letzten Staatsexamen haben wir geheiratet und zwei Jahre später einen Sohn bekommen. Damit endeten auch die Gemeinsamkeiten.

Sie ist eine erfolgreiche Professorin geworden und hat für ihren Beruf gelebt. Ich dagegen wurde Facharzt für Allgemeinmedizin und habe mich in der großen Stadt nie wohl gefühlt.

Von Omas Geschichten habe ich ihr auch nie erzählt. Schon allein deshalb, weil ich den Eindruck hatte, sie würde das gar nicht interessieren.

Sie hat erfolgreich gearbeitet und war selten daheim und wenn, dann hat sie so viel von sich erzählt, dass ich nicht viel von mir erzählen musste. Und das war irgendwie auch gut so.

Unterbrochen wurde diese Zeit nur im Jahre 1995, als ich für meine Facharztausbildung den Abschnitt Innere Medizin in meiner Heimatstadt am örtlichen Klinikum absolviert habe. Ich glaube, dass meine erfolgreiche Amanda auch das nicht bemerkt hat.

1987, ein Dorf in Tschechien und eine unbekannte Geschichte

Karol lag im Sterben.

Im Erdgeschoss des Hauses in Dlouhá Loučka im Gästezimmer. Lange schon hatte er nicht mehr im Ehebett im ersten Stock schlafen können, da er nachts Schmerzen hatte und Morphium brauchte.

In der großen Klinik in Olmütz hatten sie vor zwei Monaten zu ihm gesagt, dass der Darmkrebs im ganzen Körper gestreut hätte und sie nichts für ihn tun könnten. Außer die Schmerzen zu bekämpfen.

Sein Sohn hatte ihn deswegen zu sich nehmen wollen, aber Karol bestand darauf, in dem Haus zu sterben, das er mit seiner Frau so mühsam nach dem Krieg wohnlich hergerichtet hatte.

Nichts war damals dort gewesen, kein Ofen, kein Kastrol, keine Tasse, keine Pfanne. Die Betten waren nur als Holzgestell vorhanden – sogar die Bettwäsche und die Laken waren gestohlen worden. Wenigstens waren damals die Fenster intakt gewesen und das Haus war relativ gut isoliert. Wenigstens etwas.

Karol hatte nach dem Krieg als Holzarbeiter und später als Schreiner gearbeitet. Langsam wurde das Haus bewohnbar. Seine Frau gebar ihm vier Kinder, zwei davon tot.

Aber die anderen beiden hatten das Kindsbett überlebt und sie waren als eine Familie in einem Haus mit einem Garten sehr glücklich gewesen. Daran musste Karol auf seinem Totenbett denken. Immer wieder redete er leise vor sich hin und bat um Vergebung. Seine Erinnerung kreiste stets um das Jahr 1957, das alles verändert hatte. Seine Familie und ihn selbst. Er hatte in all den Jahren häufig daran gedacht und die Geister der Erinnerung holten ihn auch jetzt in seinen letzten Stunden ein.

Als sein älterer Sohn 1957 mit zehn Jahren eine Lungenentzündung bekam und es keinen Arzt im Ort gab, musste die Mama mit dem schwer erkrankten Kind nach Olmütz. Dazu nahm sie den Wagen, der im Schuppen war, spannte das Pferd davor und legte Bettwäsche hinein. Obwohl es im April schon wärmer war, fror der Sohn; er zitterte und hustete sogar und seine Lippen waren blau.

Karol hatte sich von einem befreundeten Bauern ein Pferd geliehen und ihm dafür versprochen, beim Bau des Stalls an diesem Tag mitzuhelfen. Weinend hatte der erst fünfjährige Sohn zugesehen, wie der Wagen mit seiner Mutter und dem kranken Bruder wegfuhren.

Noch auf dem Totenbett sah Karol jetzt deutlich vor sich, wie sie das Pferd an den Wagen gespannt hatte. Alles sollte gut werden, er war überzeugt. Seine Frau und er waren schon öfter nach Olmütz gereist, sie kannte also den Weg.

Er war überzeugt gewesen, dass seine Frau das schafft. In Olmütz gab es Ärzte und ein Lazarett. Dort würden sie Hilfe bekommen.

So machte sich damals seine Frau allein auf den Weg. Mit dem Pferd kam sie zurecht, der Gaul war brav. Sie ließen schnell Dlouhá Loučka hinter sich und fuhren auf der damals besten Straße nach Olmütz. Autos gab es nur wenige, sie kamen schnell voran.

Der Atem des Kindes war heftig. Die Mutter machte keine Pause. Nicht einmal trinken wollte sie, nur schnell an den einen Ort, der Hilfe versprach.

Ob ihr Mann und der andere, noch so kleine, Sohn daheim wohl ohne sie zurechtkamen? Bestimmt, der Vater würde ihn zur Scheune des Nachbarn mitnehmen: Dort kann er spielen und abends bringt der Vater ihn zu Bett. Alles gut. Karol war schon immer ein pflichtbewusster Mann gewesen. Wenn er dem Nachbarn versprochen hatte, ihm an diesem Tag zu helfen, dann hielt er sich auch daran.

Später hatte Karol das Versprechen tief bereut, ja diesen Tag auf ewig verflucht.

Nach einem ganzen Tag erreichte Karols Frau mit dem kranken Kind Olmütz. Anfangs hatte Lena immer wieder angehalten, um nach dem Sohn zu sehen, ihn zuzudecken. Notdürftig hatte sie ein kleines Dach über seinem Kopf gebastelt, denn es regnete immer wieder. Der Sohn hatte gehustet, später gekeucht, dann geröchelt. Sie hatte das Pferd immer schneller angetrieben und nur mehr kurz nach hinten in den Wagen gesehen.

Zuletzt hatte sie nichts mehr aus dem Wagen gehört und dachte, der Sohn sei nun eingeschlafen. Sie fuhr ohne Pause, ohne zu essen oder zu trinken. Erst in Olmütz hielt sie an. Schnell erklärten ihr die Leute dort, wo das Krankenhaus war, wobei es sich 1957 eher noch um ein Kriegslazarett als um eine Klinik handelte.

Als sie ankam, rief sie um Hilfe, denn das Kind im Leiterwagen hatte aufgehört zu atmen.

Tage später waren sie wieder nach Hause zurückgekommen und musste Karol berichten, dass der Sohn gestorben war. Die Ärzte hatten nichts mehr für ihn tun können und dann war sie mit dem toten Jungen zurückgefahren. Er hatte die Lungenentzündung nicht überlebt.

An die Reise könne sie sich nicht mehr erinnern. Lena hatte anschließend sehr viel geschlafen.

Karols Herz schien damals still zu stehen. Er hatte bitterlich geweint. Lenas Herz schien langsam zu sterben.

Und sie hatte Karols Umarmungen später stets verweigert, sich keinen Trost spenden lassen.

Überhaupt, seither war seine Frau anders gewesen als sonst. Zurückhaltender, lachte nur mehr selten, berühren ließ sie sich schon gar nicht mehr. Sie fuhr als seine geliebte Frau weg und kam als Fremde zurück. Auch aß sie immer weniger.

Karol verzweifelte und konnte doch nichts tun. Alles, was er versuchte, endete nur in unendlichem Schweigen. Seine Frau sprach nie wieder mit ihm über diese Tage. Auch Karols wiederholte Bitten, neue Kinder zu bekommen und somit das alte Leid zu vergessen, scheiterten. Schließlich wagte er es nicht mehr, seine Frau anzufassen oder mit ihr darüber zu sprechen. Sein Wunsch nach einer großen Familie blieb unerfüllt.

Auch schien Lena sich nicht mehr für den anderen Sohn zu interessieren. Alles war ihr gleichgültig geworden. Und der kleine Sohn weinte oft, wenn er mit der Mama spielen wollte und wieder und wieder abgewiesen wurde. Dann war er zu Karol gegangen und der Papa hatte mit ihm gespielt.

Der Papa war Geborgenheit.

Der Papa war Liebe.

Die Mama war gar nichts mehr. Nur ein Geist in einer Hülle.

Warum nur, das fragte sich Karol jetzt auf dem Totenbett immer noch, warum habe ich sie damals alleine fahren lassen. Immer wieder hatte er sich diese Frage gestellt und nie eine Antwort erhalten.

Später hatte er immer wieder versucht mit ihr zu sprechen, sein Bedauern auszudrücken – vergebens. Seine Frau blickte dann mit starren Augen irgendwohin – weit weg.

Lena hatte sich in ihre Welt zurückgezogen und Karol und Jiri – so hieß der jüngere Bruder – zurückgelassen. Alle Brücken abgerissen und kein Weg mehr zurück in eine gemeinsame Welt.

Karol hatte gelitten und sich seinem einzig verbliebenen Sohn gewidmet.

Manchmal dachte Karol an die Deutschen am Brunnen nach dem Krieg, die auch geflüchtet waren. Und einmal erinnerte er sich auch an die entschlossenen Augen einer Frau, die einen hustenden Mann und ihre Kinder an der Hand mit sich gezogen hatte. Das war eine Familie.

Aber Lenas Flucht hatte kein Ziel. Und in ihren Augen stand nur eine unergründliche Leere.

Zwei Jahre später war sie dann gestorben. Niemand wusste warum, man vermutete, ihr gebrochenes Herz war der Grund. Andere sagten, es sei wie so oft in jenen Zeiten eine ansteckende Krankheit gewesen. Das sagten nach dem Krieg viele. Aber Karol und der einzig verbliebene Sohn waren nie krank geworden.

Karol weinte, als er daran dachte.

Er lag jetzt auf seinem Bett, das er nicht mehr verlassen konnte, und bekam Morphium. Sein Sohn Jiri stand daneben und pflegte ihn. Aufopferungsvoll und jeden Tag.

Jeder Tag mit dem Vater sei wie ein Jahr gewesen, hatte er gesagt, und seine Tränen unterdrückt. Dann hatte Karol unter Schmerzen gelächelt.

Den ganzen Tag über hatte Karol seine alten Erinnerungen erzählt. So viel wie nie zuvor, denn er war kein großer Plauderer.

Von der Armseligkeit seiner Kindheit, vom Glück seiner großen Liebe, von der Heirat, obwohl Lena damals erst 17 Jahre alt war, von den gefesselten Deutschen am Brunnen und von dem Haus, das ihnen ein arroganter Kommunist zugeteilt hatte. Jetzt hätte ein gutes Leben begonnen, sagte dieser damals, die Partei sorge dafür.

Aber Karol hatte selber für sein Auskommen sorgen müssen.

Karol dachte daran, wie mühsam er und seine Frau das vollkommen ausgeraubte Haus wieder aufgebaut hatten. Eine leere Hülle hatte wieder Gestalt angenommen.

Nur der Garten verwilderte mehr und mehr. Seine Frau hatte nie etwas übriggehabt für die Gartenarbeit. Ihm sei jedoch aufgefallen, dass die vorhergehenden Bewohner eine große Liebe für den Garten gehabt hätten, insbesondere für die Hecken mit den Beeren. Der Garten sei damals mit Abstand das Schönste gewesen, das sie vorgefunden hatten.

Eigentlich schade, aber es gab in diesen Zeiten Wichtigeres als einen Garten. Und Karol hätte ja noch einen viel größeren Wunsch gehabt:

„Ich hätte gerne eine große Familie gehabt", sagte Karol auf dem Totenbett zu seinem Sohn und seiner Schwiegertochter, ich hätte dir gerne viele Geschwister geschenkt.

„Ich hatte geträumt, wir hätten vier Kinder, wir hätten alle geliebt. Aber geblieben bist nur du. Wenigstens du. Und mein Haus.

Du wohnst in Olmütz und arbeitest dort. Aber ich bitte dich, ziehe mit deiner Frau hierher in mein Haus, werdet glücklich hier und habt viele Kinder. Das Haus bietet doch genügend Platz.

Mehr als dieses Haus kann ich dir nicht vererben, es ist das Einzige, was ich besitze, und was mich durch alle schweren Tage getragen hat, war, dass wir es jeden Tag schöner gemacht haben."

Er hustete nun heftig und dabei hatte Karol auch Blut gespuckt, das Jiri jetzt mit einem Handtuch abwischte.

Er hustete erneut und rang nach Atem. Seine letzten Worte waren nun nur noch schwach zu vernehmen, aber Jiri verstand sie ganz genau: Dies ist mein letzter Wunsch.

Karol starb an einem Freitagmittag im Sommer.

Das Summen der Bienen hinter dem Haus hörte sich an wie ein Gebetsgemurmel, als der Pfarrer ihm den letzten Segen gab.

Sein einziger Sohn hat ihn beerdigt.

Im Grab war er nun mit seiner über alles geliebten Lena wieder vereint, die sich zu Lebzeiten doch so sehr von ihm entfremdet hatte. Vielleicht gab es ja ein Leben nach dem Tod und vielleicht gewährte sie ihm da die Antworten, die er in diesem Leben nie von ihr bekommen hatte. Warum sie nach der Rückfahrt mit dem toten Sohn kaum mehr gesprochen hatte?

Hatte sie Karol je verziehen, dass er sie damals allein hatte abfahren lassen? Sie hatte nie geklagt. Sie hatte gar nichts gesagt, hatte kein Wort mehr über die Fahrt verloren.

Sie war stumm gestorben – ohne ein letztes Wort.

Nach Karols Beerdigung gab es viele Gespräche zwischen Jiri und seiner Frau Jana.

Sie waren nie einer Meinung gewesen, zogen dann aber in das Haus des Vaters. Sehr zum Unwillen von Jana.

Der Sohn musste tun, um was der Vater gebeten hatte. Schließlich war Karol sein Papa sowie der einzige Freund und der einzige Mensch überhaupt gewesen, der immer für ihn da war. Der ihm Heimat und Geborgenheit vermittelt hatte. Nur bei Papa hatte er sich wohl gefühlt, verstanden und geliebt.

Nicht bei Mama, die ihn immer nur abgewiesen hatte, und Jiri nie verstehen konnte. Jiri hatte dann geweint und Trost bei Papa gefunden. Als Mama gestorben war, hatten sich Entsetzen und Erleichterung gleichermaßen auf sein Herz gelegt.

Papa und er, er und Papa, so hatten sie sich im gemeinsamen Leben vorwärts gekämpft und sich gegenseitig gestützt.

Bis zu Karols Tod.

Eine Woche nach Karols Beerdigung zogen Jiri und seine Frau Jana an das Dorfende in das Haus am Wald.

Jiri fand Arbeit bei der Gemeinde, Jana arbeitete als Krankenschwester.

Sie haben nie Kinder bekommen.

Jetzt, im Dorf

Esther und ich befinden uns jetzt im Ortskern. Wir schlendern und lassen die Stadt auf uns wirken. Ein Ehepaar, das einen Kinderwagen schiebt, und wir: Das sind die einzigen Menschen auf der Straße. Es ist Sonntag.

Wir gehen durch die Gassen. Kopfsteinpflaster wie in Olmütz, aber keine Stolpersteine. Keine Zunftzeichen, keine Schilder.

Hier will niemand Aufmerksamkeit. Eine Glocke läutet und durchbricht die Stille.

Nach einer leicht gebogenen Straße kommen wir zu einem Platz, wohl das Zentrum des Dorfes. Auch hier kein Mensch.

In der Mitte des Platzes thront ein alter Brunnen mit einem Eisengeländer und einer hässlichen Statue, die sicherlich jünger ist als das Geländer und so gar nicht zum Rest des Dorfbrunnens passen will. Offenbar eine Gestalt der kommunistischen Zeit, die sich in den schönen Brunnen gedrängt hat, obwohl sie im Dorfbrunnen hier eigentlich nichts zu suchen hat. Wie ein ungebetener Gast auf einer Party, die jetzt vorbei ist, aber der Gast ist noch immer da.

Das Geländer ist vom Rost befallen. Wasser fließt nicht und das gesamte Gebilde wirkt, wie vor langer Zeit eingeschlafen.

Hier muss es gewesen sein. Hier hatte Oma ihren Mann aufgelesen und mit dem Verweis auf einen ansteckenden Husten eine rasche Flucht ermöglicht. Alle hatten Angst vor ansteckenden Krankheiten. Solche Leute mussten rasch weg.

Ich bleibe stehen und betrachte immer wieder den Dorfplatz. Kein Wort – nur stumme Blicke in die Vergangenheit. Auch Esther ist sichtlich berührt, denn sie drückt meine Hand. Hier fand nicht nur irgendeine schreckliche Geschichte statt, hier wurde auch meine Geschichte geschrieben. Ein komisches Gefühl, wenn man bedenkt, wie sehr Menschen hier gelitten hatten und wie der Brunnen jetzt vor sich hin rostet.

Ein Mann geht vorüber und schaut uns an mit einem Blick, der uns als unliebsame Fremde erkennen lässt. Aber wir werden nicht beschimpft oder bespuckt. Es ist der erste unfreundliche Blick seit Beginn unserer Reise. Möglicherweise hat er aber auch bemerkt, wie lange ich den hässlichen Brunnen in der Mitte des Dorfplatzes angestarrt habe.

Es ist schon Mittag.

Zwischen den Wolken brechen einzelne Sonnenstrahlen hindurch und erhellen für kurze Momente den Dorfplatz. Gegenüber schleicht eine Katze über das Pflaster und versucht die Pfützen zu umgehen, die der Regen letzte Nacht hier zurückgelassen hat.

Ein Fenster wird geschlossen – ich weiß nicht an welchem Haus. Jedoch drehe ich mich um und sehe einen Ziegelbau mit einem Schild: Gemeindehaus.

Was müssen meine Großeltern und ihre Kinder damals empfunden haben? Ich will es mir vorstellen, stoße aber dabei schnell an meine Grenzen. Wer es nicht erlebt hat, kann es nicht nachfühlen.

Wir machen Fotos. Es sind die ersten Bilder hier in Tschechien, die nichts mit Attraktionen zu tun haben, sondern nur mit Erinnerungen.

Esther umarmt mich. Trotz ihrer Herzenswärme fühle ich mich einsam im Raum der Zeit zwischen damals und jetzt. Nun weiß ich erst, was diese Reise bedeutet: Sie ist nicht nur ein Ausklang der Sommerferien und keine kurze Auszeit, bevor das Arbeitsleben wieder den Alltag bestimmt. Und es wird mir bewusst, dass es einen Unterschied macht, ob man in der Küche Geschichten erzählt bekommt oder hier steht.

Schließlich gehen wir zum Auto zurück. Wir wollen ja noch zum Haus der Großeltern. Oder will ich das wirklich noch?

Aber wenn wir nun schon einmal hier sind, dann fahren wir auch dorthin. Ich stelle mir den Schuppen und den Garten vor. Und die Brombeersträucher. Ein schöner Gedanke. So wie die Sträucher im Garten meines Elternhauses – Oma mitten drin.

Ich habe mir von Zuhause eine Handschaufel mitgenommen für den Fall, dass ich graben muss. Und ich will unbedingt graben. Ein Gefühl wie ein Schatzsucher in Abenteuergeschichten, die ich in meinem Zimmer als Junge vom Plattenspieler gehört habe, als ich wieder mal allein war – und ich war oft allein dort gewesen mit meinen Büchern, dem Plattenspieler und meinen Gedanken.

Aus diesen tiefen Gedanken holt mich meine Frau heraus. Sie streicht mir über den Kopf.

Wir sollten uns auf den Weg machen. Ja, sollten wir.

Schließlich suchen wir das verschollene Geld und Omas Vermächtnis. Meine Gedankenwelt verwirrt sich zwischen Brunnen, Flucht und Schatztruhe – zwischen Neugier und Unwohlsein. Mit dieser Ungewissheit steige ich in das Auto ein.

„Du fährst", sage ich, „und ich zeige dir die Richtung."
Meine Stimme ist entschlossener als ich.

Zurück über die Straße, aber vor deren Ende nach links, um ein großes Gebäude herum – wohl eine Fabrik –, dann rechts ab und geradeaus. Das muss die Straße sein, die zum Ortsende an den Wald führt.

„Sag mal, könnte deine Oma das alles nur irgendwie verwechselt haben? Ist da wirklich was vergraben?"

Esther will mich beruhigen.

Ganz sicher, Oma war bis zu ihren Schlaganfällen sehr klar im Kopf. Und sie hätte nie etwas einfach erfunden oder phantasiert. Und sie hat alles lieber zweimal erzählt.

Esther will jetzt, dass ich cool bleibe.

Ich bin ganz sicher, dass sie Geld vergraben hat. Und wir werden es finden.

„Bitte entschuldige, ich weiß, was du meinst – ich habe mich im Griff."

Alles gut – Esther lässt meinen Arm nun wieder los.

Vielleicht wurde das Haus auch abgerissen, es war ja steinalt.

Aber das Haus steht noch, zumindest auf Google Earth war da eines, das so aussah, wie Oma es geschildert hatte – vor 20 Jahren.

Ein wenig Zweifel habe ich doch.

„Schon gut, also das Haus gibt's wohl noch", sagt sie: „Ich bin aber sehr gespannt, ob uns dort die Leute einfach mal graben lassen. Stell dir vor, bei uns läutet einfach jemand und sagt, seine Vorfahren hätten noch einen Bugatti oder Porsche hinter unserem Haus vergraben und ob sie ihn schnell mal ausgraben dürften.'

Tatsächlich habe ich keine Ahnung, wie ich erklären sollte, warum wir da sind, mit einer Handschaufel. Wenn das Haus noch bewohnt ist, dann sicherlich von Tschechen, die uns schon sprachlich gar nicht verstehen.

Ich sehe plötzlich in Gedanken viele Fotos von Oma vor mir.

Nur weiter geradeaus.

Meine Stimme hat nun einen eigenartigen Tonfall.

Zielsicher, verunsichert. Etwas mulmig. Aber ich bin froh, dass Esther an meiner Seite ist.

„Ich muss langsam fahren", meint Esther, „zu viele Schlaglöcher auf der Straße." Wie immer ist sie Herrin der Lage. Aber auch in ihrer Stimme schwingt ein wenig Anspannung mit.

Wir lassen eine Häuserreihe hinter uns. Dann noch eine. Alles sieht so gleichartig aus. Zumindest für mich. Weil ich nur auf ein ganz besonderes Haus achten will. Nun folgt eine Wiese, an deren Ende ein Haus steht. Einsam.

Wir nähern uns.

Ein Haus und ein Garten mit einem Schuppen.

Gleich hinter dem Haus beginnt der Wald.

Und wenn das Geld gar nicht mehr da ist? Vielleicht hat jemand die Kiste ja längst ausgegraben.

Nein – es muss alles noch da sein. Bestimmt. Ich bin jetzt trotzig. Für ein paar Sekunden ist es still.

Dann fragt Esther: „Hast Du Dich eigentlich erkundigt, wer hier wohnt?"

Ich schaue sie an, aber höre nicht mehr zu. Ich bin jetzt in meiner Welt mit Oma.

Im Jahre 1990

Deutschland ist Fussballweltmeister und wiedervereint.

Denn die Sowjetunion hat abgewirtschaftet und das im wahrsten Sinn des Wortes!

Nach der „Samtenen Revolution" wurde ein gewisser Václav Havel Staatspräsident der Tschechoslowakei – ein mutiger Schriftsteller, Menschenrechtler und intelligenter Kritiker des kommunistischen Regimes.

Er hat die Entfremdung des Menschen von seiner Lebenswelt als Ursache von Absurdität beschrieben und eine auf Lügen gegründete Gesellschaft gegeißelt, in der Worte wie „Frieden" inflationär verwendet werden. Entfremdung in der von Wissenschaft beherrschten Welt. Bewahrung von Macht mit allen Mitteln. Das hat ihm die Feindseligkeit der Kommunisten eingebracht und er wurde eingesperrt.

Die deutsche Wehrmacht hätte so einen sicherlich ins Konzentrationslager verschleppt. Keine Diskussion.

1990 war Václav Havel der erste bedeutende Politiker der Tschechoslowakei, der die Vertreibung der Deutschen aus der Tschechoslowakei nach dem Jahr 1945 verurteilt hat. Das brachte ihm Anfeindungen in der Tschechoslowakei ein. Havel wollte aber beide Seiten sehen. Er war ein Mensch, der nicht nur in eine Richtung dachte.

Auch in Deutschland gab es Menschen, die die auf Konfrontation eingestellten Gegner des Kalten Krieges mit einem Kurs der Entspannung einander annähern wollten. Der deutsche Bundeskanzler Willy Brandt hatte diesbezüglich mit seinen Ostverträgen einen Meilenstein gesetzt. Dafür hatte er 1971 den Friedensnobelpreis bekommen.

Aber nicht alle hatten ihm damals in Deutschland zugejubelt.

Auch in Mähren geht die Geschichte weiter.

Im Haus am Ende des Ortes, kurz vor dem Wald, sitzen Männer am Tisch im Wohnzimmer. Ein Mann mit Glatze, etwa Mitte fünfzig, führt das Wort. Er trägt einen Anzug. Er schwitzt beim Reden und beim Schnaufen. Draußen ist es heiß und das Haus hat keine Klimaanlage: Das macht die Luft stickig und schwer.

Ein weiterer Herr in einem grauen Anzug sitzt und muss sich dennoch an seinem Stock festhalten. Er verzieht keine Miene und hört nur zu. Er scheint in Gedanken schon nicht mehr in diesem Haus zu sein. Gelegentlich muss er tief Luft holen.

Ein hagerer Mann in T-Shirt und Jeans unterbricht manchmal mit Fragen. Er scheint sehr gerne zu reden. Dabei blinkt etwas golden aus seinem Mund. Sein Hemd ist aufgeknöpft und das bringt seine Brusthaare zum Vorschein. Seine geschmeidigen Worte können die kalten Blicke aus seinen Augen aber nicht überspielen.

Der Smalltalk ist dem alten Herrn eher lästig – er will die Dinge schnell geregelt haben. Und er scheint keine Sympathie für seinen jungen Geschäftspartner zu empfinden.

Die Männer sitzen in einem Wohnzimmer, das an Wohnlichkeit nur eine Couch, einen Tisch und drei Stühle bietet. Keine Bilder an der Wand , keinerlei Schmuck im Haus. Nichts, was die alten Wände auch nur im Geringsten verziert hätte. Auch die Küche nebenan, die man gut einsehen kann, weil sie keine Tür hat, ist karg und schlicht. Kein Möbelstück in den Räumen im Erdgeschoss.

Oben ist ein Schlafzimmer mit einem Doppelbett ausgestattet, in dem jahrelang aber nur eine Person gelegen hatte. Ein Nachttisch und ein Wecker, ein Kleiderschrank und ein Regal aus Fichtenholz und sonst nichts.

Und vor der Tür zur Küche steht ein Holzschrank mit vielen Kerben. Die hatte sein Vater eingeritzt, wenn die Söhne wieder gewachsen waren. Später war nur noch Jiris Größe zu messen gewesen und die Kerben seines Bruders blieben dort unveränderlich als einzige Erinnerung. Dazu tiefe Kerben in Karols Seele.

In dem Schrank reihten sich mehrere Bücher, die einzige Zierde im Zimmer. Allesamt Werke von Václav Havel, den Jiri stets verehrt hatte.

Jiri hatte den Wunsch seines verstorbenen Vaters erfüllt – auch wegen dieser Kerben – und mit seiner Frau Jana in diesem Haus gewohnt. Ein Haus und ein Ort, in dem sie nie leben wollten. Er hatte seine Arbeit in die Gemeinde verlegt und war dort jahrelang beschäftigt mit Anträgen, Vorschriften, Dokumentationen und litt unter einem unausgefüllten, langweiligen Berufsalltag.

Keine Chance auf Veränderung, das lag ja nicht nur bei ihm. Die Gemeinde wollte ihn, die Partei wollte ihn, also war er geblieben und hatte durchgehalten. Aber vor allem war da der Wunsch seines Vaters. Ihm konnte er sich nicht entziehen, niemals, auch wenn Karol schon lange tot gewesen war.

So viele Jahre lang. Aber vielleicht gibt es jetzt bald ein gutes Ende. Hoffentlich ist das Gespräch hier schnell beendet.

Lange hatte Jiri hier im Haus gewohnt. Seine Frau Jana war in dieser Zeit immer unfreundlicher geworden. Er hatte täglich ihre Unzufriedenheit zu spüren bekommen, hier in diesem Haus mit Jiri zu wohnen und an diesem einsamen Ort. Und das nur, weil es Karols letzter Wusch war, dem sich Jiri nie widersetzen wollte.

Und warum sie aus dem atmenden Leben in Olmütz hinaus in die Narkose eines eingeschläferten Dorfes ziehen mussten, wo es so gar kein Leben gab. Nichts, absolut gar nichts Lebens- oder Liebenswertes.

In Janas Augen trug Karol die Schuld, aber auch ihr feiger Mann.

Als sein Vater starb, war Jiri 35 Jahre alt, eigentlich alt genug, um selber Entscheidungen zu treffen, aber innen drin war er immer ein Kind geblieben.

Karol hatte ihn großgezogen, ihm abends vorgelesen und Geschichten erzählt. Und er war oft mit ihm im Wald hinter dem Haus spazieren gegangen. Karol hatte ihn getröstet, wenn er traurig war, hatte ihm Geborgenheit geschenkt, wenn Mama ihn wieder mal kalt abgewiesen hatte.

Mama war für ihn stets ein Eisblock geblieben. Seit sie von einer Reise mit Pferd und Leiterwagen und mit seinem toten Bruder zurückgekommen war, war sie nicht mehr seine Mama. Nur noch ein Mensch, der im Haus lebte. Papa hatte da nichts mehr erreichen können – Mama war wie eine leere Hülle. Schweigsam und distanziert. Keine Liebe, nur Regeln. Vorschriften, keine Freude.

Und keine Ansprache, keine Liebe.

Wie oft hatte er Bilder gemalt und sie dann freudestrahlend Mama gezeigt. Und Mama hatte keine Miene verzogen, kein Interesse gehabt. Manchmal hatte Mama mit sich selbst gesprochen. Aber nicht mit Papa oder mit ihm.

Als sie dann tot war, war Jiri weiterhin einsam. Musste dann tagsüber zu den Nachbarn, die ihn nicht mochten und er sie auch nicht.

Aber das war jetzt gleich vorbei und Jiri wollte dann einen schweren Vorhang vor die noch schwereren Erinnerungen ziehen.

Aus und vorbei. Endlich!

„Und was möchten Sie noch sagen? Alles in Ordnung? Geht es Ihnen gut?"

Die Stimme des glatzköpfigen Anwalts riss Jiri aus seinen Träumen.

„Jaja, alles gut. Kommen Sie zur Sache. Und öffnen Sie doch bitte ein Fenster, es riecht nach Zigaretten."

Der junge Mann verzog das Gesicht, hatte er doch seine letzte Kippe schon vor dem Haus im Garten geraucht. Aber den Gestank hatte er wohl mit in das Haus getragen. Egal, wenn der Sturkopf endlich verkauft, gehört die Bude mir. Dann werde ich das Haus weiterverkaufen, aber mit Gewinn.

Die Idioten in den westlichen Ländern kaufen jetzt Grundstücke im Osten wie die Irren. Sollten sie doch auf die Nase fallen mit überhöhten Preisen für baufällige Bruchbuden.

Jiri war der Kerl ganz und gar unsympathisch. Schon den Zigarettenstummel hatte er achtlos in den Garten geworfen. Unverschämt. Respektlos. Er rauchte Westzigaretten. Auch ahnte Jiri, was der Typ vorhatte. Dumm war Jiri nicht.

Die haben hier den Kapitalismus im Schnellkurs gelernt. Der Feind aus dem Westen hatte somit doch noch irgendwie einen Siegeszug gefeiert. Geld statt Lenin. Und doch gab es eine Parallele zwischen Kapitalisten und Kommunisten: Macht braucht keine Regeln. Ob Karl Marx je geahnt hatte, wie flexibel das Kapital doch sein kann?

Aber egal. Jetzt, mit 48 Jahren, konnte er endlich weg von hier. Ist nicht so wichtig, was mit dem Haus passiert. Papa ist tot und er selber war hier auch nie glücklich geworden. Nein, wirklich nicht.

Die Partei gab es nicht mehr, zumindest hatte sie nicht mehr die Macht, seit Václav Havel in Prag Präsident war.

Havel hat Gorbatschow freundlich gebeten, alle Russen wieder mit nach Hause zu nehmen und das Land den Tschechen und Slowaken zu überlassen. Jiri hatte gejubelt. Ein Freudentag.

Angesichts des jungen Immobilienmenschen, der auf sein Haus so scharf war, wünschte er sich jedoch für einen Moment die rote Armee zurück.

Aber Havel sprach auch von dem Unrecht, das den Deutschen widerfahren war, als sie hier wegmussten.

Ausgerechnet die Deutschen, Kriegstreiber, Herrenmenschen, Mörder. Das Haus, in dem sein Vater lebte, war doch auch von Deutschen. Vielleicht war das der Grund, warum er und seine Frau hier nie glücklich wurden. Jana war immer dagegen, hier zu wohnen.

Bestimmt war das Haus verflucht.

Ihre Ehe war extrem unglücklich gewesen. Es gab irgendwann keine Zärtlichkeiten mehr und Jiri hatte sich oft an die schmerzvolle Zeit mit seiner Mutter erinnert.

Jana schien die Wiedergeburt seiner Mutter zu sein, nur mit einem Unterschied – sie redete viel. Für Jiris Gemüt redete sie viel zu viel.

Im Lauf der Jahre hatten Jana und er sich auch immer öfter gestritten. Es ging stets um verpasste Chancen im Leben: Davon hatte sie genug erzählen können. Dabei bekam er von der Gemeinde doch ein fixes Gehalt. Und das war doch nicht selbstverständlich gewesen. Damit hatten sie leben können, hätten, sollen. Nicht seine Jana. Jana war immer schon ein Kind der Stadt gewesen.

Als sie vor etwa fünf Jahren einen Arzt kennenlernte, der damals in Olmütz arbeitete, war sie auch nicht immer zu Hause gewesen. Jiri wusste nicht, wie sie sich kennengelernt hatten, wahrscheinlich bei ihrer Arbeit als Krankenschwester.

Sie teilte ihm mit, dass sie ausziehen und mit einem neuen Mann nach Prag gehen würde. Anfang 1990 war das leichter möglich als noch vor ein paar Jahren.

Er hatte da nichts machen können, so wie sein Vater bei seiner eigenen Frau, Jiris Mutter, nichts hatte ändern können. Machtlos, hilflos, sprachlos.

Vor lauter Wut hatte er Jana damals angeschrien – zum ersten und einzigen Mal geschrien, dann gebettelt, zuletzt geweint, ihr versprochen, hier wegzuziehen, alles, wenn sie nur bei ihm bliebe. Es hatte nichts mehr genützt. Am Schluss hatte Jana ihn nur noch ausgelacht. Ein spießiger Arbeiter bei der Gemeinde eines Kaffs, in dem man nicht mal begraben sein will: So sagte sie das.

Und dann das schreckliche Haus.

Das ganze Haus rieche doch nach Verwesung. Keine Luft zum Atmen. Hängst immer noch am Hosenbund deines Vaters, ein unselbständiger Versager, so hatte sie ihn beschimpft. Jiri hatte das so weh getan, unendlich weh. Niemals durfte jemand seinen Vater beleidigen, nicht mal Jana. Und niemand durfte seine Erinnerungen an Karol trüben oder ihn dafür kritisieren. Nicht mal sie.

Als sie weg war, hatte Jiri mit dem Trinken begonnen. Obwohl er Alkohol hasste, war er sein einziger Trost in der Einsamkeit des Hauses. Manchmal hatte er mit dem Ticken der Uhr gesprochen. Manchmal zu seinem toten Vater. Dann hatte er auch schon mehrere Gläser Wodka getrunken.

Gelegentlich war er krank, wenn er hätte arbeiten sollen. Aber seine Kollegen hatten Verständnis. Sie hatten ihn immer gedeckt. Er tat ihnen leid. Sie kannten seine schwierige Geschichte, seine Frau, die niemals seine Frau hätte werden sollen. Sie glaubten, dass Jana die Bindung zu Jiris totem Vater durchbrechen und ihn nach Olmütz oder Brünn oder gar Prag mitnehmen könnte. Aber so lief es dann ja nicht. Auch Jana war an Jiris Beziehung zu seinem alten Herrn zerbrochen.

Oder war es doch die Schuld der Mutter gewesen? Oder einfach nur zwei Menschen, die nicht auf einen gemeinsamen Lebenspfad Platz finden konnten? Wer wusste das schon.

Manchmal kam Jiri zwei Tage lang in derselben Arbeitskleidung und roch nach Wodka.

Aber nie war es so schlimm gewesen wie damals, als Jiri in den Wald gelaufen war.

Irgendwann war Jiri völlig betrunken in seinem Haus aufgewacht. Nur leere Flaschen um ihn herum. Auf der Suche nach vollen Flaschen war er gestolpert, mehrmals gestürzt. Dann hatte er geschrien und abwechselnd Jana oder Lena verflucht. Auf dem Weg zum Küchenschrank hatte er den Stuhl übersehen, der umgekippt auf dem Küchenboden lag. Jiri fiel der Länge nach hin. Hatte er den Stuhl übersehen oder war da gar kein Stuhl? Jetzt lagen da nur noch Holzteile herum.

Dann sah er auf seine Hände. Da war Blut. Und das Blut tropfte aus seiner Nase. Jiri hustete, japste nach Luft. Mit dem Ärmel seines nach Schweiß stinkenden Hemdes wischte er sich das Blut ab.

‚Luft. Ich brauche frische Luft.'

Das nächste, was Jiri mitbekam, war, dass er im Garten war. Er hatte uriniert, mitten auf den Rasen. Dann erkannte er, dass er keine Hosen anhatte. Wie peinlich. Wenn Jana ihn jetzt so sehen würde. Und ihr Doktor. Sie würden ihn auslachen, verspotten, kränken. Und sich danach in seinem Haus küssen. In Karols Haus. Was für ein Frevel.

Dann war Jiri losgerannt, in den Wald.

Er war immer weiter gelaufen. Nach einer Weile – er war wohl auf einer Art Weg – musste er anhalten. Er hatte keine Kraft mehr und musste husten. Jiri konnte sich nicht erinnern, wie weit er gelaufen war. Aber das Laufen war so schön gewesen.

Er war frei. Wie ein Vogel oben auf einer Lärche oder Tanne. Auf einmal hatte er Lust, auf einen Baum zu steigen. Mit Karol war er immer im Wald, aber nie hier an dieser Stelle. Komisch, ein Weg mitten im Wald.

Jiri packte die Äste eines Baumes, kletterte daran hoch, dann zum nächsten Ast. Es ging so flott, fast wie früher. Jiri juchzte. Niemand sollte ihn aufhalten. Jetzt war er glücklich wie damals mit Karol.

Nach einem weiteren Ast schlug ihm jedoch ein Zweig ins Gesicht, er verlor den Halt und stürzte mehrere Meter tief. Seine rechte Hüfte schlug auf einem Stein auf.

Jiri schrie vor Schmerzen.

Wenn er jetzt, viele Jahre später, daran dachte, tat ihm die Hüfte immer noch weh.

„Haben Sie die Bedingungen des Verkaufs verstanden?", schnaubte der Glatzkopf und neigte seinen runden Schädel in Jiris Richtung. Er hatte wohl bemerkt, dass der Hausbesitzer mit seinen Gedanken weit weg gewesen war, und war nun sichtlich genervt.

Ich habe alles gelesen, sagte Jiri, mit einem Blick, der vermittelte: Ich bin ja nicht dumm und ihr zwei seid mir ein Gräuel.

Dabei sah Jiri die beiden Männer nicht an.

Er blickte aus dem Fenster in den Garten.

Seine Mutter hatte nie auch nur irgendein Interesse gehabt, den Garten zu pflegen. Also hatte Karol alle Sträucher und Blumen entfernt und einen Rasen angelegt. Darauf konnte man wenigstens Fußball spielen.

Der Garten war nun eine mehr oder weniger gepflegte Wiese geworden. Keine Beete, Sträucher oder Blumen. Er war so steril geworden wie die Plattenbauten der Kommunistischen Partei, die nun wie Pilze aus dem Boden der Städte schossen.

Jiris bückte sich. Sein Stock war umgefallen und er war so sehr in Gedanken gewesen, dass er das gar nicht bemerkt hatte.

Seine Hüfte schmerzte wieder. Das tat sie seit dem Sturz von dem Baum.

Mühsam hatte er sich damals zurückgeschleppt. Sehr mühsam und mit letzter Kraft. Wie durch ein Wunder war da ein Weg gewesen. Wer war nur hier unterwegs gewesen, hatte er sich damals gefragt. Wer musste denn nur in diesem Scheißwald herumlaufen. Sicherlich keiner, der noch bei Verstand war. Aber Jiri zweifelte auch mehr und mehr an seinem eigenen Verstand.

Irgendwie lag plötzlich ein Löffel vor ihm.

Vielleicht hatte jemand vor langer Zeit diesen Weg benutzt und einen Löffel dabeigehabt. Ein Löffel zum Essen – wer ging schon zum Essen in diesen ungemütlichen Wald. Seine Hüfte schmerzte höllisch.

Irgendwann musste er das Ende des Waldes erreicht haben. Da war auch schon sein Haus gewesen – das erste am Wald. Jiri kroch durch das Gartentor in den Garten. Dann zwang er sich aufzustehen. Als er stand, konnte er durch die Fensterscheiben sehen.

Da stand Jana, seine Jana. Sie war also zurück. Jana schrie er. Aber Jana antwortete nicht und sie war nicht allein. Ein Mann stand bei ihr und sie umarmten sich.

Jiri schrie auf vor Schmerzen. Dann verlor er das Bewusstsein.

Später erzählten ihm seine Nachbarn, dass sie ihn leblos vor seinem Haus gefunden hätten, nachdem sie vorher einen Schrei vernommen hatten. Er wäre völlig betrunken gewesen und hätte einen Löffel dabeigehabt. Seine

Hüfte wäre gebrochen gewesen und sie hätten ihn zu der neuen Krankenschwester der Gemeinde gebracht. Dort sei er versorgt worden, bis es ihm besser gegangen wäre. Richtig gut ging es ihm seither nie wieder

Aber er hatte anschließend mit dem Trinken aufgehört. Seine Kollegen hatten ihm gedroht, dass es jetzt reichen würde und dass sie bald nichts mehr für ihn tun könnten. Er hätte dauernd nach Jana geschrien, aber die war weit weg in Prag. Ein Arzt hatte später zu ihm gesagt, dass er eine Alkoholpsychose hätte und dabei seine Frau gesehen habe. Wenn er nicht mit dem Trinken aufhöre, würde er bald seinen Verstand verlieren. Das hatte der Arzt gesagt. Er schien kein Mitleid gehabt zu haben.

Den Verstand zu verlieren ist nicht das Schlechteste, dachte Jiri. Wenn man alles Schlechte aus seinem Kopf rausholen könnte, dann blieben nicht viele gute Erinnerungen zurück.

„Geht es Ihnen nicht gut?", fragte der Anwalt und riss Jiri aus allen bitteren Erinnerungen wieder zurück in die Gegenwart und zu dem Treffen in seinem Wohnzimmer.

Er klang jetzt ein wenig besorgt.

Jiris war mit seinen Gedanken jetzt wieder in der Gegenwart.

Und die beiden anderen Männer saßen immer noch um ihn herum.

Wie ein schlechter Traum. Aber es sollte der letzte Alptraum hier sein.

„Mir geht es gut. Bitte entschuldigen Sie. Manchmal schmerzt die Hüfte."

Und die Erinnerungen, dachte Jiri, das sagte er jedoch nicht.

„Eine Kriegsverletzung?", fragte der junge Mann desinteressiert, ohne Jiri anzusehen.

„Im Krieg war ich noch ein Kind", antwortete Jiri. Immer noch würdigte auch er den Immobilienhai keines Blickes.

Keine Bildung. Keine Geschichte. Kein Charakter. Karol hätte mit ihm wahrscheinlich gar nicht erst gesprochen.

Der junge Mann nahm eine weitere Zigarette aus dem Etui und steckte sie sich in den Mund. Er lag schon fast breitbeinig auf Jiris Stuhl. Als der Mann seine langen, öligen Haare mit einer lässigen Bewegung zur Seite schob, war kurz ein Ohrring zu sehen. Er blickte Jiri gelangweilt und herablassend an. In seinen Augen schimmerte die Verachtung für den Krüppel, der ihm da gegenüber saß.

„Sie haben doch nichts dagegen, dass ich rauche im Haus, es ist ja bald mein Haus. Und schlechter kann die Luft hier ja nicht werden." Dann lachte er krächzend.

„Hier stinkt doch alles nach Verwesung", fügte er hinzu. Jetzt sah er Jiri direkt ins Gesicht.

Ein Flachmann fiel aus seiner Jackentasche auf den Boden. Er hob ihn fluchend auf. Dann zündete er sich rücksichtslos die Zigarette an.

Den Rauch blies er in Jiris Richtung.

Der Notar wischte sich mit einem Taschentuch den Schweiß von der Glatze. Er hustete kurz. Dann räusperte er sich. Er hatte wohl auch ein besseres Benehmen erwartet.

Jiri sah nochmals aus dem Fenster. Ob der Rauch in den Vorhängen blieb. Es gab etwas, das er heute noch mehr hasste als Alkohol. Und das war Rauchen.

Jana hatte heftig geraucht. Mehrmals täglich war sie rausgegangen. Im Winter hatte sie oft im Wohnzimmer geraucht und ihn angeschrien, wenn ihn das störte.

Dabei hatte Jiri empfindliche Lungen. Der Rauch tat ihm weh. Auch Karol hatte schon Schwierigkeiten mit der Lunge gehabt. Manchmal, so dachte Jiri, hat Jana bestimmt geraucht, um mich zu ärgern, auf Abstand zu halten, aus ihrem Leben wegzuhalten.

Jiri musste husten. Immer wieder. Für ein paar Sekunden schien ihm im Dunst des Zigarettenqualms die Luft auszugehen. Wie bei Jana.

„Soll ich klopfen?", verhöhnte ihn der junge Mann.

„Bitte", sagte der Anwalt, „rauchen Sie doch später. Wir sind gleich fertig." Mehr sagte er nicht, denn Jiri ging es wieder besser. Der Hustenanfall war vorbei.

Jiri griff jetzt nach dem Füllhalter, der die ganze Zeit auf dem Holztisch gelegen hatte, und nahm die Kappe ab.

Das Papier lag vor ihm.

Noch einmal sah er den jungen Mann an.

Jetzt, beim Haus

Esther fährt äußerst langsam, ja behutsam am Haus vorbei. Fast schon andächtig. Eine graue Außenfassade, ein rotes Dach – mit Moos bewachsen. Der Eingang rechts mit einem kleinen Vordach aus Holz. Daneben Mülltonnen. Die Fenster waren klein, fast wie bei einem Gefängnis. Das Haus schien ein Erdgeschoss und ein weiteres Stockwerk zu haben – Platz für eine Familie.

Es war so, wie ich es mir vorgestellt hatte.

Das Haus meiner Großeltern hatte also überlebt. Durch all die Jahre. Mit der ganzen Geschichte dieser Region. Bis heute.

Ein Hauch von Stolz erfüllt mich.

Esther parkt am Ende der Straße, kurz bevor es in den Wald geht. Ein dichter und ungemütlicher Wald mit hohen Bäumen.

Dunkelheit am helllichten Tag. Unheimlich.

Und kein Weg in den Wald hinein oder heraus.

Wir steigen aus und gehen zurück, etwa zwanzig Meter, bis zum Haus. Esther steckt die Autoschlüssel ein. Ich ziehe meine Jacke an. Wir betrachten das Haus, das aussieht, als ob es ihm unangenehm wäre, wenn es jemand ansah. Als wollte es sagen, ich bin doch unscheinbar und alt – aber schön, wenn sich jemand für mich interessiert. Ich denke an Oma.

„Ist es jetzt so, wie du dir das vorgestellt hast?", fragt Esther.

„Hm." Ich versuche nicht zu träumen.

Nein, ganz anders, aber das ist immer so. Meine Phantasie. Aber es scheint noch ganz gut erhalten.

„Hast du den Garten gesehen? Eine Wiese. Keine Blumen. Keine Sträucher. Nichts von dem, was dir Oma erzählt hat."

Esther schüttelt den Kopf. Das hatte auch sie anders erwartet.

„Keine Sträucher oder Blumen. Keine einzige Brombeerhecke. So gar nicht, wie Oma das gewollt hätte", entgegne ich und unterdrücke meine Enttäuschung, die schließlich in Trotz übergeht.

Wir gehen am morschen Holzzaun entlang, bis sich eine Öffnung auftut.

Kurzes Zögern. Dann betreten wir den Rasen. Vor uns steht das Haus.

Dahinter scheint die Welt aufzuhören. Wildes Gestrüpp und Brennnesseln.

Kein Garten – nur Rasen, ungemäht, eigentlich mehr Wiese. So wenig ist also übrig. Nur das Haus – das steht einfach noch wie der Fels in der Brandung hier.

„Weißt du, was fehlt? Der Schuppen", flüstert sie. „Der Schuppen mit der Luke und dem Raum darunter. Da, wo dein Opa sich verstecken sollte."

Stimmt. Ja, da hat sie recht.

Während ich noch überlege, wo an diesem Ort ein Schuppen seinen Platz hätte haben können, geht Esther um das Haus herum.

„Hier ist nichts", ruft sie mir zu.

Das dachte ich bereits.

Nur der Rasen und außen herum ein Holzzaun, der abblättert und an dem keine Farbe mehr zu erkennen ist. Der leiseste Windhauch scheint ihn umblasen zu können. Der Zahn der Zeit. Gleich dahinter beginnt der Wald, der tatsächlich aussieht, als wollte er in den nächsten Jahren das kleine Haus verschlucken.

Ich gehe zur Tür. Keine Klingel. Ich klopfe – keine Antwort
„Hallo? Hallo, ist hier jemand?"
Ich wiederhole das auf Englisch und komme mir dabei völlig lächerlich vor, so mitten in Tschechien. Ich hätte mir höflichkeitshalber doch ein paar Worte in der Landessprache aneignen können. So was wie „Hallo, wir kommen aus Deutschland, meine Großeltern haben hier einmal gewohnt. Ich möchte in Ihrem Garten graben."

Jetzt muss ich schmunzeln. Das Gesicht des Besitzers hätte ich gern dabei gesehen. Aber es war offenbar niemand hier.

Esther will durch das Fenster schauen. Die Vorhänge sind zugezogen. Keine Chance. Das Innenleben des Hauses bleibt uns verschlossen. Und die äußere Fassade bröckelt ab, als ob sie uns sagen will: Hier ist nichts mehr zu holen.

Jetzt wird mir klar, hier ist niemand, nur altes Gemäuer, wuchernder Wald und ungemähte Wiese.

Keiner da zum Fragen und keine Hilfe. Aber offenbar auch keiner, der uns sehen kann, was mich ungemein beruhigt.

„Rechts neben dem Schuppen hinter dem Brombeerstrauch, nicht leicht zu erreichen." Das hatte Oma gesagt.

Wo stand denn bloß der Schuppen? „Gleich dahinter beginnt der Wald." Das hatte Oma immer wieder gesagt.

Der Wind fängt nun an heftiger zu blasen und es wird merklich kühler.

Es kann nur hier drüben sein. An der Gartenseite, wo der Wald beginnt und die Straße endet. Das ist eine Fläche von circa 20 Quadratmetern.

„Und hast du eine Ahnung, in welcher Ecke der Schuppen stand. Oder war der in der Mitte? Wir brauchen jedenfalls keinen Bagger. Und tief müssen wir auch nicht graben."

„Warum?"

„Weil deine Oma in der Eile damals sicherlich nicht metertief graben konnte. Sie mussten ja schnell weg."

Ich hole die Handschaufel aus dem Auto, unseren Bagger.

Mein Herz klopft, als ich zum Auto gehe. Ich spüre jeden Windzug, bemerke aber nicht die leise Stimme in meinem Kopf, die zur Vorsicht mahnt.

Esther wartet im Garten.

Ich atme tief durch.

1997

Václav Havel und Helmut Kohl haben Verträge unterschrieben über die „Deutsch-Tschechische Erklärung über die gegenseitigen Beziehungen und deren künftige Entwicklung". Der Deutsche Bundestag und das Abgeordnetenhaus des Parlaments der Tschechischen Republik stimmten zu. Es wurde bewusst über Vermögensfragen hinweggesehen.

In Deutschland hatten 20 zur CDU/CSU gehörende Abgeordnete gegen die Verträge gestimmt, 23 weitere Abgeordnete enthielten sich.

Im tschechischen Parlament war eine heftige Debatte geführt worden. Insbesondere Kommunisten und Republikaner waren dagegen und fürchteten einen deutschen Revisionismus. Der Vertrag wurde aber schliesslich angenommen.

Nicht nur die Europäische Union, sondern auch der Europarat begrüßte ausdrücklich die „Deutsch-Tschechische Erklärung".

Nach der friedlichen Scheidung Tschechiens von der Slowakei zum 1. Januar 1993 hatte Tschechien im Januar 1996 ein Beitrittsgesuch zur Europäischen Union gestellt. Am 1. Mai 2004 trat Tschechien der EU bei.

Am 29. Dezember 1997 wurde der Deutsch-Tschechische Zukunftsfonds in Prag gegründet, um Begegnung, Verständigung und Zusammenarbeit zwischen Deutschen und Tschechen zu fördern.

Eine längst überfällige Brücke.

In diesem Fonds gab es keinerlei Empfehlungen zum Graben in fremden Gärten.

Jetzt, später Nachmittag

Ich klappe die Schaufel aus und gehe über den Rasen in Richtung Wald. Für einen Moment glaube ich, das Haus schaut mich mit Verwunderung an.

Esther steht am Zaun. Sie misst die Schritte ab von einem Ende des Gartens zum anderen.

Wo hatte der Schuppen nur gestanden? Hat Oma irgendwelche Details genannt?

Ich kann mich beim besten Willen nicht daran erinnern. Nur Schuppen, drinnen die Luke, daneben ... ich weiß es nicht. Ich hätte wohl besser aufpassen sollen damals in Omas Küche bei Hagebuttentee und Suppe.

„Halt, warte mal. Oma sagte, dass sie beim Graben immer wieder zur Haustür gesehen hatte, fiel mir ein."

„Dann muss der Ort dort sein, wo man zur Haustür sehen kann. Das schränkt uns schon mal ein."

Ich stelle mich zur Haustür und Esther geht am Zaun entlang bis wir denken, die richtige Stelle gefunden zu haben.

„Wie breit war so ein Schuppen noch mal? Wenn wir davon ausgehen, dass eine Luke drinnen war, in der man Deinen Opa verstecken wollte, dann muss er doch mindestens zwei Meter breit gewesen sein. Dann sagen wir mal, der Schuppen reichte bis hierher. Das sind dann weitere zwei Meter, bis man die Haustür nicht mehr sehen kann. Los geht's."

Esther steckt alles mit Stöckchen ab, die sie vom nächsten Baum im Wald gebrochen hat.

Sie ist praktischer veranlagt als ich. Mit den Stöckchen stellt sie nach, wo einst der Schuppen stand. Dann markiert sie die Stelle, an der wir die Brombeersträucher vermuten.

Da Opa nie im Schuppen sondern im Wald versteckt war, kann ich zur Beschreibung des Schuppens oder auch nur einer Luke nichts beitragen.

„Ist auch wirklich niemand hier?", fragt sie. „Eigentlich dürfen wir das nicht. Wir graben in einem fremden Garten in einem fremden Land. Eigentlich ist das Hausfriedensbruch. Ich weiß das, schließlich bin ich Anwältin."

Sie hat natürlich recht. Das Haus scheint aber doch leer und verlassen. Kein Lebenszeichen? Wahrscheinlich sind die letzten Bewohner längst ausgezogen. „Ich will ja gar nicht ins Haus. Ich grabe nur die Kiste meiner Oma aus. Die hat schließlich ihr gehört. Niemandem sonst, keinem anderen Menschen und keinem anderen Land.

Ich will hier nichts stehlen. Und ich schaufle die Erde wieder zurück. Es gibt keine Schäden. Dann fahren wir rasch hier weg."

Sie nickt.

Es scheint sich niemand so recht um das Haus gekümmert zu haben, da hat Tom schon recht, denkt sich Esther.

Ich verspreche ihr nochmal, alles wieder so zu hinterlassen, wie wir es vorgefunden haben. Ich wiederhole mich wie Oma damals bei ihren Geschichten.

Sie nickt erneut, sagt mir aber, dass sie trotzdem kein gutes Gefühl dabei hat.

Das Haus ist eine leere Hülle, die einmal mit Leben erfüllt war. Wenn es doch selbst sagen könnte, ob wir in seinem Garten graben dürfen.

Ich habe Esther überredet aus Sturheit. Ich weiß nicht mal, ob Oma das überhaupt gewollt hätte. Oma hat nie davon gesprochen, dass sie hierher zurück will, um ihre

Sachen zu holen. Nie. Und Kontakt mit Menschen aus ihrer Heimat hat sie ebenfalls vermieden.

Bis Esther in mein Leben trat, war mir Familie herzlich egal oder nur eine gute Geschichte.

Aber ich bin jetzt hier und nehme die Schaufel in die Hände.

Zuletzt habe ich das daheim gemacht, als wir den Weiher im Garten angelegt haben. Damals war es erdrückend heiß gewesen im Sommer und der Boden war steinhart.

Jetzt scheint es leichter zu sein und tief müssen wir sicherlich nicht buddeln.

„Ich schaufle alles wieder zu, versprochen", sage ich zu Esther. Ich sage das zweimal – so wie Oma. Dann fange ich an zu graben.

Esther sieht schweigend zu, dann wendet sich ihr Blick zum Himmel. Und in die Vergangenheit.

1990, München

Esther hat wie alle ihre Verwandten sieben Tage lang ihren Mann betrauert. So ist das üblich bei Juden: stumm oder laut, mit Worten oder Gesten.

Esther ist jetzt 22 Jahre alt und hält ihr Kind im Arm. Noch vor knapp sechs Monaten hatten sie und ihr Mann Josua sich so sehr gefreut über Davids Geburt. Und mit ihnen die ganze Familie. Alle waren sie gekommen, hatten gesungen und getanzt.

Jetzt waren sie wieder da, aber niemand tanzte.

Vorletzten Freitag war Josua mit dem Auto zur Arbeit gefahren. Er war ein hervorragender Autofahrer und musste als Vertreter oft weite Autofahrten zurücklegen. Josua fuhr sicher und war stets Herr der Lage. Überhaupt, ihr Mann war immer organisiert. Nichts, aber auch absolut nichts hatte Josua dem Zufall überlassen. Fast war es Esther schon lästig gewesen, wie sehr ihr Freund sein Leben organisierte – und später das gemeinsame. Aber er war charmant und versprach eine gute Zukunft.

Sie war so jung und ihre Eltern hatten immer zu einer schnellen Hochzeit geraten. Seine Familie ist hoch angesehen: Das waren Mamas Worte gewesen. Und irgendwann war Esther seinem Charme erlegen und hatte seinen Antrag angenommen. Dann hatten sie geheiratet und sie wurde wie geplant schwanger.

Sie waren in das Haus in Grünwald gezogen, gleich neben einem bekannten Profifußballspieler. Sie hatten einen Garten, aber der bestand nur aus einer Wiese und einer Schaukel. Später sollte noch ein Sandkasten dazukommen.

Kurz vor Weihnachten war dann David auf die Welt gekommen. Die Geburt war schwer. Aber David war ein echtes Christkind, ohne Gold, Weihrauch und Myrrhe.

Nach etwa einem Monat wurde er beschnitten, wie es Brauch war.

Er bekam viel Liebe von allen, besonders aber von Esther.

Der Vater hatte David meist erst schlafend gesehen, er musste zu viel arbeiten. Esther bewunderte, wie ruhig ihr Mann Josua alles meisterte, auch wenn ihr – wie gesagt – manchmal sein vollkommen strukturiertes Leben auf die Nerven ging: Keine Spontaneität, keine Überraschung, nichts, was man nicht vorher exakt organisieren könnte.

Das zweite Kind war in einem Jahr vorgesehen.

Eine grausame Wendung des Schicksals, als Josuas Wagen bei überfrierender Nässe von der Fahrbahn abgekommen und gegen einen Baum gekracht war. Durch den Aufprall brach Josuas Genick. Der Polizeibericht sagte aus, dass er sofort tot war. Nie wurde bekannt, was wirklich die Ursache des Unfalls war.

Ebenso wenig wie der Grund für seine Fahrstrecke, denn sie führte zu keinem Kunden. Niemals sollte Esther herausfinden, warum ihr Mann an diesem Tag diese Landstraße genommen hatte.

Esther bereitete sich dann auf die Beerdigung vor.

Nichts war wie vorher, nur noch Leere und ein Grab. Sie unterdrückte die Tränen und küsste ihr Kind.

Nie wieder wollte sie einem Mann mehr vertrauen. Josua hatte ihr noch am Morgen gesagt, dass er zu einem Kunden fahren wolle.

Als Esther jetzt Tom beim Graben sieht und dann den Wald direkt dahinter, muss sie wegschauen.

Sie denkt an Josua und unterdrückt eine Träne.

Dann schüttelt sie den Kopf.

Im Garten, jetzt

Ein kleines Loch ist bald entstanden. Die Erde ist nass. Eine Mischung aus Erde, Gras und Steinen. Bald habe ich schon eine circa 20 Zentimeter tiefe Fläche ausgehoben.

Doch tiefer graben? Mein Rücken schmerzt.

Ich sehe auf. Die Haustür ist gerade noch zu sehen. Innerlich fluche ich. Ich bin zu weit draußen. Am anderen Ende meiner Grabung versuche ich mein Glück weiter. Ich bin kein guter Handwerker und muss dies auch jetzt wieder am eigenen Leib erfahren, denn meine Finger weisen schnell kleine gerötete Druckstellen auf.

„Bist Du schon auf was gestoßen?", fragt Esther. „Bitte beeil' dich und richte keinen Schaden an."

„Nein, Steine und Erde", sage ich. Sie spricht, ich höre aber nicht mehr zu und schaufle weiter.

Der Wind hat etwas zugenommen. Esther hat sich eine Regenjacke geholt. Es tröpfelt ein wenig. Bitte keinen Regen, jetzt so kurz vor dem Ziel.

Ich lege eine Pause ein und atme tief durch. Esther reicht mir eine Cola und ich trinke sie fast in einem Zug leer. Schweißperlen stehen mir auf der Stirn. Körperliche Arbeit bin ich nicht gewohnt.

Wir sehen uns an.

Vor uns klafft ein Loch von etwa 1 Meter Länge und halben Meter Breite.

Nichts.

Esther lächelt.

Mein Rücken schmerzt. Aber ich grabe weiter.

Manchmal entfährt mir ein leises „Jawohl", wenn ich mit der Schaufel auf harten Widerstand stoße. Aber es stellt sich stets heraus, dass es Steine unterschiedlicher Größe und Form sind. Keine Kiste, keine Box, nicht mal ein Geldbeutel.

Der Regen wird jetzt stärker.

„Es hat keinen Sinn", sagt Esther plötzlich.

„Wir müssen eine Pause machen."

Wir lassen unsere Werkzeuge liegen und warten im Auto. Ich sehe aus wie ein Erdferkel. Es wird lange dauern, bis ich die Sitze wieder vollkommen gereinigt haben werde. Mein Blick sagt alles.

Esther lacht und sagt: „Schade, dass es keine Schatzkarte gibt oder irgendein Navigationssystem, das einen hinführt zu einem vergrabenen Schatz."

Wahre Schatzjäger brauchen das nicht, denke ich.

Zum Teufel mit der Schatzinsel.

Ein letzter Schokoriegel liegt noch im Handschuhfach. Wir teilen ihn. Auch Cola gibt es noch. Der Regen wird stärker.

„Sollen wir für heute die Grabungen abbrechen und morgen wieder versuchen, den Schatz der Pharaonen zu entdecken?"

Ich meine das nicht spöttisch.

„Bist du verrückt? Eine Straftat an einem Tag reicht aus, Tom! Wenn wir jetzt nichts finden, dann ist auch nichts mehr da. Es ist zu viel Zeit vergangen seit damals."

Sie sieht mich zärtlich an – ohne jeden Spott. Sie versteht mich.

Wir küssen uns. Dabei beschmutze ich ihren Pullover.

Vielleicht hat sie recht. Wir hätten längst eine Box oder so etwas finden müssen. Ich unterdrücke meine Enttäuschung. Dann steige ich aus, um die Ausgrabungsstätte wieder zuzuschütten und das Werkzeug aufzuräumen.

Esther schießt noch einige Fotos.

Irgendetwas müssen wir doch mit nach Hause nehmen.

Der Regen hat aufgehört. Esther lacht.

Ich schaufle weiter.

Dabei stelle ich mich in Pose, so dass sie ein schönes Foto von mir beim Graben machen kann.

Wir bemerken nicht, dass sich ein Auto nähert.

Es muss sehr langsam gefahren sein. Wir haben kein Motorengeräusch gehört.

Jetzt knallt eine Autotür und wir drehen uns um. Erschrocken nehme ich Esther in den Arm und sehe dem Mann ins Gesicht, der sich uns nähert. Sein Gesicht ist zornig. Er flucht und schreit.

Auch wenn man der tschechischen Sprache nicht mächtig ist, so ist doch verständlich, dass er unsere Anwesenheit in diesem Garten und vor diesem Haus nicht gut findet.

Der Mann humpelt. Offenbar hat er Schmerzen beim Gehen. Er droht mit dem Finger. Dann zeigt derselbe Finger unmissverständlich zum Ausgang des Gartens.

Ich hebe eine Hand und sage: „Schon gut. Wir sind harmlos. Wir sind keine Einbrecher."

Nur Schatzgräber, denke ich. Verbotenes Graben nach Omas Geld. Dabei umarme ich Esther, die ebenfalls beruhigend auf den Mann einredet. Alles auf Deutsch, aber das scheint der andere nicht zu verstehen. Er wird nur noch wütender.

Ich habe ein schlechtes Gewissen, denn schließlich habe ich Esther zum Graben überredet – wider besseres Wissen. Und auch zur Fahrt nach Dlouhá Loučka. Sie wollte wieder nach Nizza – ohne Schaufel.

Dann aber halte ich inne und sehe den Mann an.

Natürlich. Jetzt wird mir bewusst, dass das der Hausbesitzer sein muss. Ein Nachbar würde sich doch nicht so aufregen.

„Your house, is this your house?", frage ich hilflos.

Keine Antwort.

Nur Zorn und Wut nehme ich in seinen Augen wahr, aber auch ein wenig Angst.

„It was my grandmothers house, long ago." Wenn ich doch nur Tschechisch sprechen oder er mich irgendwie verstehen könnte.

„My grandmother was digging a hole somewhere here, hiding all the money she owned. She was a refugee. Had to leave. After the Second World War."

Es macht keinen Sinn. Er versteht uns nicht.

„Please, we apologize."

Aber auch Esther findet kein Gehör.

Der Mann ist Mitte sechzig, vielleicht schon siebzig. Sein Gesicht wirkt eingefallen, die Augen traurig, aber hellwach. Irgendwie mutig und ängstlich. Eine Wut, die unermesslich scheint, und ein Becken, das schief steht. Kein Zweifel, der Mann hat Schmerzen.

Ich bin selber schuld. Nur ich allein! An allem!

Wie konnte ich nur so dumm sein, so anmaßend. Hier war nichts mehr, das Oma gehörte. Oder mir.

Und wir hatten keine Erlaubnis.

Der Mann zieht ein Handy aus seiner Manteltasche. Dann wählt er und schreit dabei etwas, das sich wie Polizei anhört. Anschließend wählt er eine weitere Nummer auf dem Handy und spricht.

Nicht weit von unserem Auto steht ein anderer Wagen, ein alter Opel. An der Tür des Beifahrersitzes ist eine hässliche Delle bis hierher erkennbar. Auch der Rost ist nicht zu übersehen.

Offenbar gehört er dem wütenden Mann. Die Straße ist so eng, dass wir nicht an ihm vorbeifahren können, falls wir denn fliehen wollten. Aber das schlechte Gewissen ist so groß, dass wir gar nicht an Flucht denken. An eine Flucht in diesen dunklen Wald, der ohnehin bald alles hier zu verschlingen scheint. Eine Flucht in den Wald wie Opa einst.

Bei dem Gedanken an den Wald würgt es mich.

Mein Gott, Opa. Er hatte immer auf Höflichkeit im Umgang mit Menschen beharrt. Egal ob man den anderen mochte oder wie man sich fühlte. Immer freundlich sein.

Und ich? Ich habe eine Schaufel in der Hand statt einem Hut.

„Bitte entschuldige", sage ich zu Esther, „das ist alles meine Schuld. Ich hätte nicht graben dürfen. Es war eine Schnapsidee. Ohne jemand zu fragen. Es tut mir so leid."

Dann umarme ich sie.

Das gefällt dem Mann offenbar noch weniger. Oder doch. Für einen kurzen Moment scheinen seine Gesichtszüge etwas entspannter und freundlicher zu sein.

Bald wird die Polizei kommen.

Was ist wohl die Strafe in Tschechien für Graben in fremden Gärten? Hausfriedensbruch. Ich gebe es nun auf, mit dem Mann zu reden.

Esther geht zum Auto.

Als sie wiederkommt, hält sie etwas in der Hand.

Dlouhá Loučka,
nur wenige Minuten vorher

Jiri fährt mit seinem Opel wie immer sonntags zu seinem Haus am Ende des Dorfes. Genau vor dem Wald, in den er nie wieder hineingegangen war, seit er dort von einem Baum gefallen war.

Da er für den Rest seines Lebens nun mit Hüftschmerzen leben sollte, war seine Laune in all den Jahren seither nicht besser geworden. Auf der Gemeinde hatten sie ihn verspottet, als Tarzan von Dlouhá Loučka.

Das war eine Geschichte aus der westlichen Welt von einem Engländer, der zum Affenmenschen geworden war. Affenmensch Jiri. Was hatten die gelacht. Seine Kollegen, die ihn doch früher so geschätzt hatten. Das war, bevor der Alkohol über ihn gesiegt hatte.

Die neue Krankenschwester in Dlouhá Loučka – sie sah Jana gar nicht ähnlich – hatte ihm damals viele Schmerzmittel gegeben. Er war nun abhängig von diesen Tabletten geworden. Leichter wäre es gewesen, wieder zu trinken. Alkohol betäubt alles. Erinnerungen und Schmerzen.

Aber durch den Alkohol war er zum Affenjiri geworden. Und er hatte im Rausch seine gesunde Hüfte eingebüßt. Jana war auch nicht wieder zurückgekommen.

Allein in seinem Haus hatte er sich oft umgesehen, in diesem verhassten Haus, das ihm keinerlei Glück gebracht hatte. Jiri hatte sich selbst im Spiegel betrachtet. Sein aufgedunsenes Gesicht, die Ringe unter den Augen, ungewaschene Haare.

Nein, so wollte Jiri nicht weitermachen.

Mühsam hatte Jiri irgendwann alles, was an Alkohol im Haus zu finden war, gesammelt und in einen großen Müllsack gepackt. Ein denkwürdiger Tag. Ebenso anstrengend war dann der Gang in den Garten gewesen. Heftig hatte er geflucht, aber laut war er dabei nicht geworden. Es hatte ja noch nie etwas genützt, sein Elend rauszuschreien. Also behielt man sein Unglück besser für sich, tief im Inneren und dort, wo es geschützt bleibt vor weiterer schwerer Verwundung.

Der Alkohol hatte Jiri jahrelang die Sinne verwirrt und er hatte sich weder um sein Inneres noch um sein Äußeres gekümmert. Alles war betäubt vom Alkohol.

Erst der Sturz von dem Baum und die Schmerzen hatten ihn geweckt. Zweifache Schmerzen. Der erste Schmerz war die Hüfte gewesen, aber das tat nur körperlich weh.

Der zweite Schmerz war Jana gewesen. Der fraß ihn langsam auf.

In einer der griechischen Mythen frisst ein Adler dem Titanen Prometheus jeden Tag ein Stück Leber aus seinem Leib.

Seine Leber sei bald kaputt, wenn er so weitermache, hatte der Arzt gesagt. Sein Hirn nebenbei auch. Der Spott in der Stimme des Doktors hatte ihn wiederum an Janas neuen Mann erinnert: ein Arzt. Ob der auch so arrogant war wie der, der ihm keine fünf Jahre mehr zum Leben gab? Er hatte ihn damals gesehen, aber nie mit ihm gesprochen.

Das war der stechende Schmerz.

Der schleichende Schmerz aber war, dass sich seine Kollegen immer mehr von ihm entfremdet hatten, ihn ja schon mieden. Lange Zeit war ihm das egal gewesen – er war schließlich betäubt. Mit der Ausnüchterung war dann die Erkenntnis gekommen und mit ihr die Ernüchterung.

Am selben Tag noch hatte er sein Haus nach all den Schnaps- und Bierflaschen abgesucht und eine ganze Armada an leeren Flaschen in graue Müllsäcke gepackt und in die Mülltonne geworfen. Als er den Deckel schloss, hatte Jiri sich dazu entschieden, auch den Deckel des Kapitels „Alkohol" endgültig zuzumachen.

Diesen Tag hat sich Jiri eingeprägt. Der Sieg über den Alkohol. Der musste nun gehen wie damals die Deutschen.

Genauso wie die Deutschen nichts mehr hatten, so war auch der Garten zu einem absoluten Nichts geworden. Nichts war übrig bis auf eine vergammelte Mülltonne.

Wo jetzt diese Tonne stand, war früher eine himmelblau bemalte Hundehütte mit rotem Dach. Die Vorgänger seines Vaters hatten also einen Hund gehabt und sicherlich sehr geliebt. Sonst wäre die Hütte ja nicht so bemalt gewesen.

Jiri hatte nie einen Hund. Aber dafür seinen Vater. Karol hatte ihn auch geliebt im Gegensatz zu seiner Mutter.

Sie hatte ihn wie einen Hund in die Hütte vor dem Haus gegeben und keinen Zugang mehr zu ihr gelassen. An diesen Vergleich dachte Jiri, wenn er sich an die bemalte Hundehütte erinnerte.

Karol hatte ihm irgendwann einmal erzählt, dass Männer den bellenden Hund im Garten erschossen hätten, bevor sie die Familie aus dem Haus geholt hatten. Die Kinder hätten bitterlich geweint, als sie ihr totes Haustier auf dem Rasen liegen gesehen hatten. Später hätte eine Frau wohl den Hund neben dem Schuppen im Garten vergraben – da, wo die Brombeersträucher nur wenig Zugang gelassen hatten. Die Frau wurde jedenfalls dort beim Graben gesehen und man hatte sie gewähren lassen.

Die Familie, die geflüchtet war, hatte den Hund liebgehabt, und Jiri hatte nicht annähernd so etwas von seiner Mutter erfahren. Weder er noch Papa hatten dies je verstanden, aber gelitten – und wie. Das war der vierte Schmerz und für Jiri wahrscheinlich der schlimmste. Da helfen keine Schmerzmittel und auch keine aufwändigen Operationen, keine Seelsorge und vor allem nicht die immer wiederkehrenden bohrenden Gedanken.

Auf der anderen Seite des Gartens war der Schuppen gewesen, ebenfalls sehr gepflegt. Gleich neben den Sträuchern, wo die Frau vermutlich ihren Hund begraben hatte. Dort hatte er sich oft versteckt und Karol hatte ihn suchen müssen. Das war für ihn die größte Freude gewesen. Und die Eisenbahn aus Holz, die Karol ihm zum Geburtstag gebastelt hatte.

Damals, am ersten Weihnachtsabend nach dem Tod seines älteren Bruders Anton, der nicht lebend von der Fahrt zum nächsten Krankenhaus zurückgekehrt war. Mama hatte ihre Geschenke nie angerührt. Sie hatte auch nichts gegessen. Sie war dann auch immer dünner geworden.

Im Sommer hatte Jiri am liebsten die Brombeeren gegessen. Auch die Stachelbeeren. Die Sträucher wuchsen ja rund um den Schuppen. Auch Salat und Karotten, Tomaten und Kohl waren im Garten einst angebaut worden.

Dies hatte Jiri selber nie gesehen, als sie dort einzogen. Karol hatte das einmal erzählt. Das Gemüse war gestohlen worden. Aber für die Beeren hatte sich keiner interessiert. Nur Jiri – er liebte die Beeren. Anfangs hatte Mama sie auch geliebt, bis sie irgendwann nichts und niemanden mehr liebte.

Einmal wollte Jiri den toten Hund wieder ausgraben, aber Karol hatte es ihm verboten.

Und dann hatte Jiri irgendwann alles radikal abgebaut, komplett eingestampft und entfernt. Schuppen, Hundehütte, Sträucher.

Auch die Gemüsebeete, die Karol angelegt hatte und Mamas Rosen – ganz früher hatte Mama ja Rosen gern gehabt. Der Rosenstock war auch das Einzige gewesen, was Jana jemals gefallen hatte. Dort war eine kleine Bank gewesen, wo sie am liebsten geraucht und dabei die Rosen angesehen hatte.

Nichts mehr hatte übrig bleiben sollen. Jiri hatte damals sein letztes Monatsgehalt ausgegeben, um den Garten platt zu machen und damit alle Erinnerungen.

Mit Garten und Schuppen sollten auch Mama und Jana ein für alle Mal weg.

Nur Karol sollte bleiben. Das Haus war voller Erinnerungen an ihn. Ein Bild an der Wand. Papas Teller, sein Krug, sein Messer. Die Bilder von Mama und Jana hatte er entfernt.

Der Garten war später dann nur mehr eine Wiese gewesen. Jiri hatte nur selten gemäht. Aber die Erinnerungen blieben – sie hatten einfach nicht mitfahren wollen, als der Lastwagen die Überreste von Schuppen, Sträuchern und Hundehütte weggefahren hatte.

Es gibt keine Entsorgung für einen Sondermüll der „schreckliche Gedanken", das heißt, das hatte auch eine „Müllabfuhr" namens Alkohol nicht geschafft.

Irgendwann konnte er nicht mehr in diesem Haus wohnen. Es war zu anstrengend geworden. Für seine Hüfte und seine Erinnerungen. Ohne Alkohol waren sie deutlicher denn je. Und sie schmerzten weiter. Nein, irgendwann hatte er dort weggehen müssen. Jetzt war sein „Müllwagen" gekommen. Abtransport.

Er wohnte nun im Dorf im Erdgeschoss neben der Gemeinde. Er hatte gesagt, dass der Weg für Einkäufe und zum Arzt zu weit wäre von seinem Haus aus und die Gemeinde hatte Mitleid mit Affenjiri gehabt.

Von der neuen Wohnung aus war er immer zur Arbeit gegangen. Ein kurzer Weg mit seinem Stock.

Und nur Karols Bild hing an der Wand in der Wohnung, die aus einem Zimmer mit Waschbecken, Bett, Tisch und Schrank bestand. Toilette war im Gang.

Vier weitere Familien wohnten dort. Zwei Familien waren Russen. Auch sie hatten dort nicht leben wollen. Sie hatten umziehen müssen. Sie waren Teil des neuen Einheitswaldes, der dort unter kommunistischem Dünger gedeihen sollte.

Die Russen mochten ihn, wahrscheinlich deshalb, weil er nie Fragen stellte und keine Probleme machte. Und manchmal liehen sie Jiri ein Auto, damit er zu seinem Haus fahren und nachsehen konnte, ob alles in Ordnung war. Vielleicht waren sie aber nur Leidensgenossen – unglücklich dort, wo sie jetzt waren. Außenseiter in einer Gesellschaft hier im Ort, die offenbar keine der beiden Gruppen mochte. Weder Russen noch Affenmenschen.

So kam Jiri jeden Sonntag zu seinem Ort der Erinnerungen, sah nach, ob der Rasen gemäht werden musste und ob ein Einbrecher im Haus gewesen war. Nicht, dass es Wertvolles zu stehlen gegeben hätte. Das Bild von Karol hing in der neuen Wohnung. Alle anderen Erinnerungen an Karol waren schließlich auch irgendwann entsorgt worden.

Die Möbel hatte er später verkauft, soweit er überhaupt Geld dafür bekommen hatte. Nur der Tisch im Wohnzimmer mit dem Sofa und den zwei Stühlen waren noch da. Denn Jiri brauchte immer öfter Pausen und musste sich dann setzen oder gar hinlegen.

Eine Anrichte in der Küche war ebenfalls noch da. Mehr oder weniger deshalb, weil sie keiner kaufen wollte. Darin befanden sich eine Kaffeetasse – seine Tasse, aus der er früher getrunken hatte. Dann noch altes Besteck, mit dem niemand mehr essen wollte. So wie mit ihm niemand mehr am Tisch sitzen wollte.

Ansonsten war das Haus leer. Nur die Geister von Papa, Mama und Jana schwebten durch die Luft. Und Anton, den er kaum kennengelernt hatte – ein Geist mit extrem blassem Gesicht und Schweiß auf der Stirn, blauen Lippen und schwerem Atem. Ein Geist, der ständig hustete.

All diese Erinnerungen schießen wie Kugeln durch Jiris Kopf an jedem verdammten Sonntag, wenn er sich auf den Weg zu seinem alten Haus macht. Dann sinkt seine Laune immer tiefer, je näher er dieser Ruine aus Mauern und Gedanken kommt.

Auch heute, an diesem Sonntag, der sich nicht entscheiden kann, ob Regen oder Sonnenschein, steigt Jiri erneut in den Opel seiner Nachbarn und fährt zu seinem alten Haus am Ende der langen, gebogenen Straße, die am Waldrand endet, so wie das Meer am Strand endet.

„Verkauf doch die alte Hütte." So hatten die Russen oft gesprochen. Auch seine Kollegen auf dem Gemeindeamt rieten ihm dazu – wenn sie überhaupt noch mit ihm sprachen. Allein und bemitleidet. Aber Ratschläge geben. Schon aus Trotz hatte er nie verkauft.

Und dann war er dort ja aufgewachsen. Die Erinnerung an Karol, sie war wie ein warmer Mantel. Aber die anderen Gedanken waren schrecklich. Wie Geister, die in seinem Kopf kämpften. Nur der Alkohol hatte sie betäuben können. Aber der war jetzt weg. Für immer.

Eines Tages war Jiri dann doch so weit gewesen und wollte verkaufen. Das war der Tag, an dem er erfuhr, wie gering seine Rente war. Mit dem Verkauf konnte er sich etwas leisten. Gutes Essen. Kleider. Vielleicht sogar ein eigenes Auto. Nicht mehr abhängig vom Wohlwollen der russischen Nachbarn.

Aber dann waren sie in seinem Wohnzimmer gesessen. Der Anwalt aus Brünn. Und dieser schreckliche Mensch, der ihn behandelt hatte wie Dreck. Hatte glatt die schmutzigen Stiefel auf seine Couch gelegt und ihn angesehen wie einen dummen, alten Krüppel. Er hatte ihn wieder zum lächerlichen Affenjiri gemacht.

Und außerdem besaß er auch noch die Frechheit, in seinem Haus diese stinkenden Roth-Händle zu rauchen. Unwillkürlich dachte er daran, wie Jana am letzten Tag vor ihrem Auszug demonstrativ im Wohnzimmer geraucht hatte. Genau auf demselben Stuhl hatte sie damals gesessen wie dieser eklige Typ.

Der Anwalt ohne Haare hatte versucht auszugleichen. Seine Blicke hätten den arroganten Jungspund zu einem besseren Benehmen ermahnen sollen. Aber der junge, unrasierte Unmensch hatte wohl noch nie so etwas wie Benimmregeln gelernt.

Er hätte viel Geld. Das hatte der Anwalt gesagt. „Du bekommst einen guten Preis für dein Haus. Mehr, als es wert ist." Und tatsächlich: Das Angebot war höher gewesen, als Jiri es sich vorgestellt hatte. Daher hatte er den Anwalt einen Kaufvertrag aufsetzen lassen. Widerwillig. Aber er dachte an seine Rente. Mit Geld in ein besseres Leben. Ob das die alten Erinnerungen dann vertreibt – so wie vorher der Alkohol? Bei diesen Fragen quälte ihn seine Hüfte umso mehr.

Woher hätte der junge Mann denn so viel Geld, hatte Jiri den Anwalt gefragt.

Das wäre nicht interessant. Er hätte es eben.

Dem Anwalt war es sichtlich peinlich, darüber zu sprechen. Offenbar hätte er selber eine gute Prämie bei dem Verkauf bekommen.

Nachdem Jiri gedroht hatte, nicht zu verkaufen, wenn er nicht erfuhr, wie der eklige Typ sein Geld verdiente, hatte der Anwalt gesagt, der Mann betreibe einige Gasthäuser an der Grenze zu Deutschland und Österreich. Die Grenzen seien ja jetzt offen und die Welt wachse zusammen und viele Touristen besuchen diese sogenannten „Gasthäuser".

Jiri hatte gelacht. Für so dumm hielt ihn also der Anwalt. Er gehörte wohl zu den Menschen, die jeden bedauernswerten Krüppel auch gleich für dumm und ungebildet halten. Ein Behinderter ist ein Dummer und den kann man auch für dumm verkaufen.

Jiri war selber nie an der Grenze gewesen. Freunde der Russen aber schon. Und ein Mann, der mit ihm auf der Gemeinde arbeitete, auch. Sie berichteten von diesen „Gasthäusern" und dass dort die Frauen besonders nett seien, wenn man ihnen etwas Geld gebe. Also wusste Jiri Bescheid. Prostitution. Damit war jetzt nach der Grenzöffnung sicherlich viel Geld zu verdienen. Was wohl die Damen zu ihm und seiner kaputten Hüfte gesagt hätten? Wahrscheinlich Affenjiri, es sei denn, er hätte ihnen Geld gegeben. Diese Gedanken waren Jiri zuwider.

Außerdem hatte einer der Russen nach so einem Gasthausbesuch eine Woche lang brennende Schmerzen beim Urinieren gehabt.

Und sein Kollege auf dem Amt war einmal beim Stehlen erwischt worden. Er hatte immer Geldsorgen. Auch Jiri hatte ihm immer wieder Geld geliehen, obwohl er genau wusste, dass es in solchen Gasthäusern landen würde.

Sie waren gleichalt und gemeinsam zur Schule hier gegangen. Auch er hatte sich einmal in Jana verliebt, dann aber eine Frau aus dem Dorf geheiratet, die ebenfalls dieselbe Schule besucht hatte wie sie beide. Eine Zweckehe, keine Liebe. Als herauskam, wo er das Geld verprasst hatte, war seine Frau fortgegangen. Ohne sich zu verabschieden. Das restliche Geld hatte sie vorsichtshalber mitgenommen. Er blieb zurück und war anschließend so einsam wie Jiri.

Daher war er lange Zeit der Einzige an seinem Arbeitsplatz geblieben, mit dem sich Jiri unterhalten hatte. Zwei einsame Seelen. Dabei so unterschiedlich. Während Jiri sich durch die Schulzeit gequält hatte und oft als Träumer verschrien war, hatte sein Freund nur gute Noten gehabt. Insbesondere fremde Sprachen schienen für ihn kein Problem darzustellen. Russisch, Polnisch, Ungarisch. Und heimlich hatte der sogar Englisch und Deutsch gelernt – von wem auch immer. Jiri hatte auch nie gefragt, ob sein Freund die Sprachen für die Gasthäuser an der Grenze gebrauchen konnte.

Ja, die Gasthäuser. Und dann erst der Gasthausbesitzer. Bestimmt war das Geld seines Freundes in diesen Gasthäusern geblieben. Und jetzt hatte dieser unappetitliche Typ das Geld und wollte damit sein Haus kaufen. Offenbar viel Geld. Das war jetzt wieder ein schrecklicher Gedanke. Aber egal, ein Gedanke mehr oder weniger. Das war im Horrorkabinett seines Gehirns auch schon gleichgültig.

Jiri war entschlossen gewesen zu verkaufen und dann ein schöneres Leben zu führen. Alles ausblenden. Prostitution und Zuhälter. Freund und Moral. Augen zu und durch – so wie früher im Suff. Alles egal.

Aber dann hatte dieser Unmensch geraucht. In seinem Haus. In Karols Haus.

Jiri hatte damals den Füllhalter wieder auf den Tisch gelegt, den Vertrag genommen und zerrissen.

Er hatte den Raucher als Zuhälter beschimpft und ihn aus dem Haus geworfen. Der Anwalt hatte versucht zu beschwichtigen. Es half nichts. Der junge Mann war aufgestanden und hatte Jiri übel beschimpft, ihn einen Hurensohn genannt.

Als er merkte, dass man Jiri nicht mit seiner Mutter beleidigen konnte, hatte er ihn ein Monster genannt. Wenn er nicht so ein Krüppel wäre, würde er jetzt tot im Wald liegen.

Im Wald – da wäre Jiri sicherlich nicht der erste Tote gewesen.

Dem Anwalt war es peinlich. Der Gasthausbesitzer hatte die Zigarette achtlos auf Jiris Fußboden geworfen. Er könnte Jiri verschwinden lassen, wo ihn niemand finden würde und sein Haus dem Erdboden gleichmachen. So hatte er gedroht. Bis auch der Anwalt ihm sagte, dass er verschwinden soll. Der Anwalt hatte sehr stark geschwitzt und nach Luft gejapst.

Dann hatte er aufgeschrieben, was gesprochen wurde. Nur für den Fall, dass Jiri Probleme bekommen würde. Er hatte auch versprochen, dass er einen neuen Käufer finden würde. Aber er fand keinen und hat sich auch nie wieder bei Jiri gemeldet.

Der eklige Mann hatte noch auf den Boden gespuckt und irgendwas gesprochen, dass man sich im Leben immer zweimal sehen würde. Die Tür hatte er zugeknallt und bei der Abfahrt mit seinem teuren Auto Gangschaltung und Straße gequält. Dann war er weg.

Aber Jiri hat immer noch Angst, der junge Mann könnte wieder zurückkommen und ihn bedrohen. Sogar verprügeln. Oder beseitigen. Nicht, dass das so schlimm gewesen wäre. Im Tod sind auch die schrecklichen Erinnerungen getötet. Aber Jiri war stur geworden. Das Haus bekommt der nicht. Und wenn ich dort andere Zuhälter oder Schläger sehe, rufe ich die Polizei.

Auch jetzt ist Jiri wieder unterwegs zum Haus und richtig übel gelaunt. Es wird bald regnen an diesem Sonntag. Wie immer wird er sein Haus verlassen vorfinden. Der Rasen immer zu hoch gewachsen und sonst ist dort einfach nichts. Aber so ist das ja auch gut, denkt Jiri. Besser gar kein Leben in diesem verfluchten Haus als dieses Leben, das er dort gehabt hatte.

Jiri fährt mittlerweile einen alten verbeulten Opel. Den hatten ihm die Russen geschenkt, als sie irgendwann fortmussten.

Ja, ganz plötzlich hat es die Sowjetunion nicht mehr gegeben und auch den menschlichen Einheitswald nicht mehr. Alle Russen mussten heim. Das hatte Václav Havel dem Herrn Gorbatschow eindeutig mitgeteilt. Nur der Opel blieb da. Die Russen hatten ihm nie gesagt, woher der Opel gekommen war – ein Fahrzeug aus dem Westen und das zur Zeit des Eisernen Vorhangs. Sie hatten lediglich angedeutet, dass er damit nicht nach Österreich fahren solle.

Egal, der Wagen fuhr einwandfrei. Also wurde er Jiris Schutzpanzer auf dem Weg zu seinem Haus.

Als Jiri sich dem Haus an diesem Tag nähert, steht dort ein Auto mit ausländischem Kennzeichen. Und im Garten sind ein Mann und eine Frau. Ist nun doch Gesindel wie der junge Mann gekommen?

Die ersten Besucher. Bisher war niemand je in seinem Garten gewesen.

Aber was tun denn die da?

Graben offenbar im Garten?

Sind die verrückt?

Jiri hält an. Mühsam quält er sich aus dem alten Auto und stolpert zum Haus. Vor Aufregung hat er seinen Stock im Wagen vergessen. Angst und Wut begleiten ihn. Was wollen diese Leute? Geschäftspartner eines Zuhälters? Oder Diebe?

Jiri flucht und schreit.

Er hat höllische Schmerzen.

Der Mann hält eine Schaufel in der Hand. Damit könnte er ihm den Schädel einschlagen. Und ihn dann verscharren. Heben die ein Grab aus, in dem sie seinen Leichnam einbuddeln wollen?

Die Leute sehen aber nicht aus wie Verbrecher. Die Frau spricht mit ruhigen Worten. Der Mann legt die Schaufel weg – ein gutes Zeichen. Beide reden, als ob sie sich entschuldigen und erklären wollen.

Aber Jiri versteht kein Wort. Ausländer.

Die Sprache hört sich an wie Deutsch. Was wollen die hier? Und Deutsch war nicht normal in dieser Gegend. Und dann noch eine weitere Sprache. Englisch?

Für einen Moment schauen sie sich an. Der fremde Mann will Jiri die Hand reichen. Die Frau hat warmherzige Augen. Fast so wie Karol. Nein, Verbrecher waren das nicht.

Aber Jiri hat Angst und holt sein Handy aus der Manteltasche. Jetzt wird er die Polizei rufen.

Jiri wählt die Nummer. Die beiden Eindringlinge sehen verzweifelt aus. Keine Verbrecher. Aber warum graben sie dann? Sie gehen einen Schritt auf Jiri zu. Jiri schreit „Polizei", dann nochmal „Polizei". Und dass sie stehen bleiben sollen.

Die beiden Menschen bleiben stehen. Ob sie ihn verstehen können? Ob sie bewaffnet sind?

Am Handy meldet sich eine Stimme. Es ist die Polizei. Jiri sieht die ungebetenen Gäste an. Der Mann hat seine Frau umarmt. Er küsst sie und sie weint. Offenbar sind die beiden ein Ehepaar.

Die Stimme des Polizeibeamten in seinem Ohr wird nun ungeduldiger und die beiden sehen verzweifelt aus. Der Mann spricht auf seine Frau ein und scheint sie zu beruhigen. Sie gehen vertraut miteinander um, hilfsbereit, liebenswert. So hätte er sich das mit Jana gewünscht. Dieser Gedanke schmerzt. Und seine Tabletten sind in seinem Zimmer in Dlouhá Loučka.

Was wollen die hier? Und warum deutet der Kerl ständig auf das Haus und auf die Stelle, wo einmal seine geliebten Brombeeren waren. Meine Beeren. So schmackhaft wie eine seltene, schöne Erinnerung.

Der Polizist fragt zum letzten Mal, was der Anrufer wolle. Dann verliert er die Geduld und legt auf.

Die beiden Fremden scheinen nicht zu merken, dass Jiri aufgelegt hat und gerade eine neue Nummer wählt.

Die Frau geht plötzlich weg. Zu ihrem Auto. Dann kommt sie wieder. In ihrer Hand hält sie ein Päckchen.

„Hier", sagt Esther, „das ist Ibuprofen. Sie haben doch Schmerzen mit ihrer Hüfte."

Dabei deutet sie auf ihre eigene Hüfte. Jiri lächelt verlegen.

Er blickt auf die Tablettenschachtel und auch wenn er kein Deutsch versteht, ahnt er genau, dass darin Schmerzmittel sind. Die Gesten der fremden Frau sind unmissverständlich. Soll er das annehmen?

Ein zuckender Schmerz – wie ein Blitz – gibt die Antwort. Jiri nimmt die Schachtel. Dabei schämt er sich so sehr, dass er die fremde Frau nicht ansehen kann und daher nicht bemerkt, wie warmherzig sie lächeln kann.

„Danke." Das spricht er in tschechischer Sprache. Aber es ist zu verstehen.

„Bitte, gern geschehen", antwortet Esther auf Deutsch. Sie nickt.

Manchmal braucht es keine Übersetzung.

Esther reicht ihm auch die Flasche, die noch etwa zur Hälfte mit warmem Cola gefüllt ist. Als Jiri alles hinunterschluckt, sieht er ihr für einen kurzen Moment in die Augen.

2001, Friedhof

Oma ist gestorben.
Im Alter von 95 Jahren.
Sie hatte mehrere Schlaganfälle und Herzinfarkte gehabt und war zum Pflegefall geworden. Gerade in ihren letzten Monaten hatte sie sich nicht mehr allein versorgen können. Zuerst hatten der rechte Arm und das rechte Bein versagt, dann die linke Hand. Ein Mensch, der alle anderen versorgt und am Leben gehalten hatte, brauchte nun selber Hilfe bei jeder Kleinigkeit. Aber sprechen konnte sie noch, wenn auch nur mehr flüsternd. Schließlich brachte ein weiterer Schlaganfall das Ende ihres Lebens.

Ich nahm mir eine Auszeit von meiner Arbeit und meiner Karrierefrau und bin zu meinen Eltern gefahren, die ich viele Jahre nur am Telefon gesprochen hatte. Dementsprechend frostig war der Empfang.

Der Tag von Omas Beerdigung war ungewöhnlich warm. Der Pfarrer fand rührende Worte und der gesamte Gottesdienst war feierlich.

Im Gasthaus kam anschließend die Familie zusammen, Freunde und Nachbarn. Man erzählt dann immer aus dem Leben der Verstorbenen. Und natürlich aus ihrer ersten und eigentlichen Heimat.

Da ich offenbar ein Fremder in meiner Heimatstadt war, lauschte ich den Ausführungen und aß dazwischen mein Wiener Schnitzel mit Pommes.

Ich habe einiges gehört aus Omas Leben. Jedoch war mir das meiste davon schon bekannt. Es gab keinen, der nicht mit größter Hochachtung von Oma gesprochen hatte.

Interessanterweise erzählte niemand von einer vergrabenen Kiste in einem Garten. Das hatte Oma wohl nur wenigen Menschen mitgeteilt. Ihr eigener Ehemann wusste es wahrscheinlich nicht. Er war ja zu dieser Zeit noch im Wald versteckt oder schon am Brunnen gefesselt.

Offenbar hatte sie es auch nie ihren Kindern erzählt. Wahrscheinlich hatte sie das einfach vergessen, denn es standen schließlich wichtigere Aufgaben an. Ich begann mich zu fragen, warum sie das irgendwann mir anvertraut hatte.

Den Inhalt der Kiste kannte offenbar auch niemand außer Oma. Und Oma war jetzt tot. Ich hätte gern gewusst, was sie versteckt hatte. Ich war überzeugt, dass es nicht nur Geld war. Es mussten sich dort in der Kiste noch wertvollere Sachen befunden haben als Geld.

Auch das war ein Antrieb, später nach Tschechien zu fahren, auch wenn ich das zum Zeitpunkt von Omas Beerdigung noch nicht vorhatte.

Und noch eine Geschichte wurde bei der Beerdigung erzählt.

Dass sich ein etwa sechzigjähriger Mann in einem Wald vor München erhängt hatte – ein Mann, der vor etwa 30 bis 40 Jahren hier bei seiner Mutter gelebt und als Musiklehrer unterrichtet hatte. Es wurde gemunkelt, dass er nicht ganz normal gewesen sei und einmal angezeigt wurde, weil er Klavierschüler während des Unterrichts irgendwie angefasst hätte. Aber das sei nie zu beweisen gewesen. Daraufhin sei er in die Landeshauptstadt gezogen. Seiner Mutter hätte dies das Herz gebrochen damals und sie sei in eine geschlossene Anstalt gekommen.

Sie hatte just vor einer Woche einen Blumenstrauß zu ihrem 90. Geburtstag von der Stadt erhalten, was in der Lokalzeitung nachzulesen war. Daher erinnerte man sich an sie.

Auf der Heimfahrt konnte ich mich kaum konzentrieren. Meine Gedanken kreisten um Oma und die alten Geschichten. Mein Gewissen quälte mich ob der Vernachlässigung meiner Eltern und Großeltern und dass ich zu gerne noch einmal einen Hagebuttentee mit meiner Großmutter getrunken hätte.

Irgendetwas in mir ließ aber auch einen unermesslichen Zorn in mir wachsen, wie ein hilfloser und ängstlicher Junge, der nun alles rauslässt, was jahrelang eingesperrt in seiner Seele ruhte.

Ich beschleunigte den Wagen. Schneller und schneller werde ich und habe es nicht einmal gemerkt.

In einer Kurve in einem Waldstück, gleich nach der Autobahnausfahrt, überfiel mich eine eigenartige Panik und ich verlor die Kontrolle über den Wagen.

Dann glitt der Wagen von der Straße – so wie man auf glitschigen Wurzeln ausrutscht. Er war mit hohem Tempo in eine Wiese gerast, dann drehte er sich und überschlug sich.

Ich verlor das Bewusstsein.

Dlouhá Loučka, jetzt

Ein Mann nähert sich uns auf einem Fahrrad. Esther und ich wissen nicht, woher er kommt und was er will. Aber er sieht nicht aus wie ein Polizist. Statt einer Uniform trägt er einen schwarzen Mantel, braune Halbschuhe und Handschuhe. Die wenigen Haare, die auf seinem Kopf verblieben sind, scheinen mit einem Gel sorgfältig zur Seite sortiert zu sein.

Der Mann sieht uns ungläubig an, als er das Fahrrad bei den Mülltonnen abstellt. Er begrüßt Jiri knapp, aber herzlich. Die beiden scheinen sich schon sehr lange zu kennen und haben offensichtlich das gleiche Alter.

Jiri nickt dem Mann zu und schleppt sich zum Haus. Esther geht zu ihm und fragt ihn etwas, das ich nicht verstehen kann. Dann stützt sich Jiri auf Esther und geht mit ihr zur Haustür. Er holt einen Schlüsselbund aus seiner Manteltasche und sperrt die Haustür auf.

Der Mann auf dem Fahrrad wendet sich mir zu und spricht.

„Ich heiße Pavel und bin ein Freund von Jiri. Jiri gehört dieses Haus."

Er spricht Deutsch ohne Probleme und nur mit leichtem Akzent. Keine grammatikalischen Fehler, so als ob das seine Muttersprache wäre.

„Jiri kann nicht so lange stehen und möchte sich in seinem Haus setzen.

Bitte folgen Sie uns hinein. Wir möchten wissen, was Sie hier wollen."

Ich nenne ihm unsere Namen und woher wir kommen. Ich gebe ihm auch den Namen der Herberge hier kurz vor dem Ort.

Er nickt. Dann folge ich ihm.

Vielleicht ist es ja leichtsinnig, in einem fremden Land und in einem fremden Garten mit unbekannten Menschen in ein Haus zu gehen – ein allerdings bekanntes Haus. Von Omas Erzählungen her. Aber Neugierde und schlechtes Gewissen besiegen die Vorsicht. Die Stimme des Mannes klingt vertrauenswürdig.

Im Türrahmen bleibe ich kurz stehen. Das ist es nun – das Haus meiner Großeltern. Die Diele im Eingang ist genauso, wie Oma sie mir geschildert hatte.

Dahinter kommt ein schmales Treppenhaus. An der Wand sind Haken für Kleider. Rechts daneben befindet sich gleich das Wohnzimmer und im Anschluss daran die Küche und dann noch eine Kammer. Vom Vorraum aus führt eine Treppe nach oben. Dort sind bestimmt Schlafzimmer und Bad – so wie von Oma beschrieben. Nur mit einem Unterschied. Es gibt keine Möbel. Nur im Wohnzimmer befinden sich ein Tisch aus Holz und zwei Stühle. Daneben eine Couch mit zahlreichen Löchern in den grauen Polstern. Aber sie scheint stabil. Ein weiterer, offenbar kaputter Stuhl, dem die Lehne fehlt, steht in der Küche.

Nur wenig Licht dringt durch die Fenster, von denen alle Vorhänge entfernt wurden. Die hellen Flecken an der Wand zeugen davon, dass hier einmal Bilder hingen. Jegliche Zierde ist entfernt worden. In der Küche war eine Anrichte mit einem Küchenkasten, der in die Wand eingelassen war. Offenbar konnte man den nicht so einfach wegnehmen.

Kein weiteres Möbelstück ist zu sehen. Ich bin etwas enttäuscht, hatte ich mir doch oft ausgemalt, wie meine Großeltern hier gewohnt hatten. Meine Vorstellungskraft blieb dabei oft in der Wohnung meiner Großeltern in Bayern hängen. Genauso haben sie sicherlich auch in Dlouhá Loučka gelebt. Aber dem war nicht so – hier war alles leer.

Und es gab keine Hinweise darauf, wie der letzte Bewohner dieses Hauses hier gelebt hat.

„Bitte", sagt der Radfahrer und deutet auf die Stühle. „Sie kommen also aus Deutschland. Ich spreche Ihre Sprache und kann für meinen Freund übersetzen. Er selber spricht kein Deutsch. Ich heiße Pavel und der Mann, in dessen Garten Sie graben, heißt Jiri."

Ich freue mich und bedanke mich.

Auch Jiri deutet uns, dass wir uns setzen sollen. Er holt ein Glas aus dem Küchenschrank und eine Flasche mit Mineralwasser, die auf dem Ofen steht. Jede Bewegung fällt ihm schwer. Dann trinkt er von dem Wasser.

Wir setzen uns.

Ich fühle mich unwohl und sage Esther, dass ich jetzt alles erzählen will. Aber meine Stimme ist schwach.

Also ergreift sie das Wort.

„In diesem Haus haben die Großeltern meines Mannes früher gelebt, bis sie nach dem Krieg fliehen mussten. Mein Mann und ich wollten einmal dieses Haus sehen. Es ist für meinen Mann sehr wichtig. Er hat seine Oma sehr geliebt. Ich weiß, dass sie nach einem schlimmen Erlebnis in seiner Kindheit eine große Stütze für ihn war. Darum bin auch ich mitgefahren.

Wir kommen aus Deutschland, genauer gesagt aus einer Stadt in Bayern, die sie nicht kennen werden. Ich bin Anwältin und mein Mann hat eine Praxis für Allgemeinmedizin auf dem Land."

Pavel übersetzt ruhig und langsam.

An einer Stelle seiner Worte sehen wir, wie Jiris Augen sich weiten und die Wasserflasche aus seiner Hand auf den Boden fällt. Aus der Plastikflasche fließt Wasser. Jiri stöhnt, dann setzt er sich.

„Können wir helfen? Ich bin Arzt."

Pavel spricht kurz mit Jiri. Dann sagt er, dass wir weitersprechen sollen. Sein Freund meint, es gehe ihm soweit gut.

Das kann ich nicht glauben, denkt Jiri. Mein Elternhaus. Karol. Das sollen die Nachkommen derer sein, die damals wegmussten, als ich noch ein kleines Kind war. Denen das Haus vorher gehört hatte.

Trotz seiner Schmerzen will er unbedingt zuhören.

Ich nehme Esthers Hand und sehe sie verdutzt an, da ich nie von solcher Intensität über meine Oma gesprochen hatte. Dennoch war es richtig, Oma war ein Rettungsseil gewesen zu Zeiten, als ich mit meinen Erlebnissen allein war und Oma wohl geahnt hatte, dass es mir lange Zeit nicht gut ging.

„Lieber Pavel, lieber Jiri, ich möchte mich bei Ihnen entschuldigen für mein anmaßendes Verhalten, in Ihren Garten einzudringen und ein Loch zu graben. Das war nicht richtig. Es tut mir aufrichtig leid. Ich erkläre gleich, warum wir das gemacht haben. Aber bitte übersetzen Sie das jetzt."

Pavel nickt. Er übersetzt so professionell, dass ich denke, es war wohl irgendwann einmal sein Beruf.

Mittlerweile muss er in Rente sein, denke ich.

Ein Deutscher, natürlich. Diese Arroganz. Jiri schüttelt den Kopf.

Denken wohl, es gehört ihnen immer noch alles. Aber diese zwei Deutschen da scheinen sich aufrichtig zu entschuldigen. Man sieht ihnen das schlechte Gewissen an und sie scheinen ehrlich zu sein.

Jiris Zorn legt sich, obwohl Zweifel bleiben.

Pavel übersetzt, dass Jiri der rechtmäßige Besitzer des Hauses ist.

Er habe es von seinem Vater geerbt, der vorher mit seiner Familie hier seit dem Kriegsende gelebt hat.

„Sie werden keine Besitzansprüche geltend machen können. Da sind Sie umsonst gekommen."

„Ich will hier keine Ansprüche anmelden. Das Haus gehört natürlich Ihnen. Darum sind wir auch nicht hier. Ich habe meine Frau dazu überredet, mit mir hierherzukommen, weil ich unbedingt einmal das Haus und den Ort sehen wollte, wo meine Großeltern gelebt hatten.

Sie sind meine Vorfahren. Ich stamme letztendlich von denen ab, die hier einmal gelebt haben. Oma hat mir oft davon erzählt."

„Aber warum haben Sie sich dann nicht gemeldet und nach einer Besichtigung gefragt?"

„Bitte glauben Sie mir, das hätte ich tun sollen. Es tut mir sehr leid."

Gut, denkt Jiri, als Pavel übersetzt, dass diese Besucher hier weder Haus noch Garten übernehmen wollen. Er hat von Leuten aus Deutschland gehört, die nach dem Krieg aus Schlesien vertrieben wurden, und jetzt ihre alten Besitztümer wieder haben wollten. Einfach so. Er hatte sich geärgert, als er davon erfahren hatte, sich dann aber auch gefragt, was er wohl machen würde. Er hatte keine Antwort gefunden.

Ich erzähle weiter und Pavel übersetzt:

„Meine Oma war Zeit ihres Lebens stets eine tüchtige Frau gewesen. Nach dem Krieg musste sie um ihr Leben fürchten und um das ihrer Familie, so wie Jiris Landsleute sich vor uns Deutschen fürchteten. Opa war wochenlang im Wald versteckt und sie hatte ihm zu essen gebracht."

Jiris Schmerzen lassen nach. Wie gebannt hört er zu, wenn sein Freund übersetzt.

Also, das war der alte Pfad durch den Wald. Hier war die Frau offenbar gegangen, um ihren Mann vor dem Hungertod zu bewahren. Wie weit der Weg wohl in den Wald hineingeführt hat.

Jiris Erinnerungen werden wach, aber er sagt kein Wort.
Ich konzentriere mich.
Nur kein falsches Wort.
Nichts, was die Gefühle meiner Zuhörer verletzen soll.
Esther hilft mir. Ihr ruhiger Blick stärkt meine Worte.

„Nach dem Krieg hat Oma ihre Kinder und ihren kranken Ehemann durchgebracht, die ganze Reise bis nach Deutschland. Dort wurden sie in ein kleines Dorf nach Bayern verteilt. Der Name wird Ihnen nichts sagen. Sie lebten dort alle zusammen, bis meine Mutter einen Mann in der Nachbarstadt geheiratet hat und mit ihren Eltern dann dorthin gezogen ist."

„Meine Großeltern lebten bis zu ihrem Tod im Haus neben meinen Eltern und ich bin weitgehend von Oma erzogen worden, weil meine Eltern beide berufstätig waren und wenig Zeit hatten. Vor allem Oma hat viel erzählt. Ihre ganze Geschichte."

Das ist aber nicht die ganze Wahrheit, denke ich.
Auch Esther denkt das.
Pavel übersetzt weiter.

Manchmal klopft er Jiri auf die Schulter. Manchmal hält er ihm die Hand. Sie scheinen wirklich gute Freunde zu sein. Jeder von beiden verhält sich so, als ob er keinen anderen Menschen mehr hat auf dieser Welt.

Jiris Schmerzen haben nachgelassen. Vielleicht ist es auch die Spannung, den Erzählungen des Mannes zu lauschen, den seine Frau liebevoll umarmt. Gemeinsam sind sie nun hierhergefahren, gemeinsam scheinen sie durchs Leben zu gehen. Das hätte er sich mit Jana auch so sehr gewünscht.

Ich erzähle von Omas Küche, von den Geschichten und vom Hagebuttentee. Und ich berichte von Omas Leidenschaft für den Garten.

Pavel und Jiri hören aufmerksam zu. Ich kann nicht verstehen was Pavel übersetzt, aber ich gehe davon aus, dass er genau das wiedergibt, was ich erzähle.

Jiri trinkt einen Schluck Wasser. Er scheint das Gespräch jetzt zu genießen – so bilde ich mir das jedenfalls ein. Gerade huscht ein Hauch von Lächeln über sein Gesicht, als er uns ansieht. Merkwürdigerweise genau da, als Pavel meine Geschichte von den Brombeersträuchern übersetzt.

Er flüstert Pavel ins Ohr.

Der nickt.

Dann wendet er sich an mich.

„Warum haben Sie im Garten gegraben?", fragt Pavel.

Sein Gesicht ist nun strenger, auch Jiri lächelt nicht mehr.

„Bitte überlege dir, was du jetzt sagst", ermahnt mich Esther.

Mir ist die Situation extrem peinlich und wahrscheinlich werden meine Zuhörer nun wütend. Zu sehr haben wir das Bild des überheblichen Deutschen geprägt, als wir in fremden Gärten zu graben begonnen haben. Nun aber ist Ehrlichkeit angebracht, auch wenn das unangenehm wird. Ich schwitze.

„Meine Oma hat dort Geld vergraben, bevor sie weggingen. Alle Wertsachen ihrer Familie, die sie nicht mitnehmen konnten. Sie hat es in eine Art Schatulle gegeben oder in einen Topf mit Deckel, das weiß ich nicht mehr. Neben dem Schuppen bei den Brombeerhecken hat sie alles eingegraben. Das hat sie mir vor vielen Jahren erzählt. Und jetzt sind wir deswegen hierher gefahren: Wir suchen das Geld, das meine Oma 1945 hier vergraben hat. Schmuck oder Bilder, alles, was sie dort vergraben hatte."

Jiri und Pavel sehen mich verdutzt an. Damit hatten sie nicht gerechnet.

Dann beginnen sie zu lachen.

2001, München

Im Klinikum rechts der Isar hatten sie mir gesagt, dass ich viel Glück gehabt hätte. Mehrere Rippenbrüche, aber keine, die sich in meine Lunge gebohrt hätten. Verletzungen mehrerer Organe, von denen eine wenigstens lebensbedrohlich war. Das Klinikum hat eine ausgezeichnete Unfallchirurgie und so hatte ich den schrecklichen Autounfall überlebt.

Obwohl ich Arzt bin, wollte ich nie meine genauen Diagnosen erfahren, und ich habe bis heute keinen Operationsbericht von meinem Unfall gelesen.

Dagegen weiß ich, dass meine Eltern neben mir saßen, als ich aufgewacht bin. Meine Mutter weinte, mein Vater schwieg. Beide hatten wohl furchtbare Tage und Nächte gelitten in der Unsicherheit, ob ihr Sohn überleben würde.

Nur langsam erholte ich mich. Mein Gesicht war entstellt mit den Narben von der geborstenen Windschutzscheibe und ich hatte Schmerzen bei jeder Bewegung.

Die nächsten Besucher waren von der Polizei. Sie befragten mich nach dem Unfallhergang und warum ich so schnell gefahren sei. Auch wären immerhin 0,6 Promille Alkohol in meinem Blut gemessen worden – zu wenig für ein Delikt, aber vielleicht zu viel für die Selbstkontrolle.

Geduldig hatte ich alle Fragen beantwortet, wenngleich ich nie erwähnte, warum ich so zornig am Steuer gewesen war. Ich schämte mich viel zu sehr. Außerdem hätte wohl keiner meine Wut verstanden. In meinem Leben hatten Dinge zu funktionieren. Da hatte ein Erlebnis im Wald keinen Einfluss zu haben.

Die Polizei hatte wenig Verständnis für meine Angabe, dass ich gerne schnell fahre. Die Polizeipsychologin meinte aber später, dass sie das Gefühl nicht loswerde, ich würde nie ganz ehrlich antworten.

Meine liebe Frau Amanda brachte gar kein Verständnis auf. Nach einem äußerst kurzen und erstaunlich unterkühlten Besuch an meinem Krankenbett besuchte mich nur noch ein Abgesandter ihrer Anwaltskanzlei – oder besser gesagt, der in besseren Kreisen wohlbekannten Kanzlei, der sich auch ihr Vater schon des Öfteren anvertraut hatte.

Noch während meiner Rehabilitation an einer orthopädischen Klinik an der Ostsee hatte sie die Scheidung eingereicht. Da war von Alkohol und Unfall, Unvermögen und Vernachlässigungen zu lesen. Somit war sie sich darüber im Klaren, dass diese Ehe gescheitert war und sie ging davon aus, dass ihre Eltern und damit auch der Rest der Welt das so sah.

Mit meinem Sohn konnte ich nicht darüber sprechen. Angeblich wäre es für ihn zu belastend gewesen, seinen Vater in einem solch desolaten Zustand sehen zu müssen.

Ich wusste genau, warum ich die Rehabilitation so weit weg wie nur möglich gewählt hatte. Ich wollte allein sein. Obwohl ich meiner Meinung nach an allen Anwendungen fleißig teilnahm, war man mit mir nicht durchgehend zufrieden gewesen. Die Psychologen hätten sich mehr erwartet, vor allem offene Gespräche. Schließlich galt ich als traumatisierter Patient.

Als man mich mit der Wiedereingliederung in mein Berufsleben konfrontierte, spürte ich die ganze Leere, die ein Unfall hinterlässt. Meine Praxis konnte nicht mehr überleben, da ich schon zu lange dort nicht präsent gewesen war. Später sollte ich sie verkaufen und von dem Geld eine Zeit lang leben können.

Meine Frau und mein Sohn hatten nichts mehr für mich übrig. Das einzig Wichtige für Amanda war der Scheidungstermin. Ich beantwortete keine Anfragen ihrer Anwälte mehr.

Einige Jahre später erfuhr ich, dass sie einen sehr reichen Geschäftsmann aus den USA geheiratet hatte. Wenn ich mich mehr interessiert hätte, hätte ich gewusst, dass er schon seit langem ein Freund der Familie gewesen war und einflussreiche Freunde in der Politik hatte.

Meine nun schon alten Eltern konnte und wollte ich nicht mit meinen Sorgen belasten. Schließlich hatten sie auch in meinem bisherigen Leben nicht mein Vertrauen gewinnen können.

Ich erhielt genau zwei Nachrichten. Ein Jugendfreund und ein Studienkollege hatten von meinem Unglück erfahren. Alle anderen schienen mich vergessen zu haben.

Als ich einmal heftig weinte und mein Psychologe die Chance gekommen sah, nun endlich mehr von mir zu erfahren, sagte ich nur, dass mir der Rücken weh täte.

Im Dorf , jetzt

Als Jiri und Pavel nach einigen Minuten wieder mit dem Lachen aufhören und Esther und ich auf eine Erklärung warten, steht Jiri auf und geht zur Küche. Kein Wort aus seinem Mund. Sein Gesicht ist aber nicht mehr zu Stein erstarrt. Fast schon lächelt er.

Pavel holt ein Fläschchen aus seiner Manteltasche, schraubt den Deckel ab und trinkt. Ich habe gar nicht bemerkt, dass er seinen Mantel nicht ausgezogen hat. Ein Hinweis, dass er nicht mit einem langen Gespräch gerechnet hat.

Esther bricht schließlich die Stille und bittet um eine Antwort.

Aber Pavel schweigt.

Aus der Küche höre ich das Pfeifen eines Wasserkochers. Ich frage ebenfalls, was sie über den Garten meiner Oma wissen und über eine vergrabene Truhe.

Esther will wissen, warum es so lustig war.

Pavel sitzt da und schüttelt den Kopf. Seinen Flachmann hat er wieder im Mantel verstaut.

Jiri kommt mit vier Tassen, aus denen Dampf aufsteigt. Und ein süßlicher Geruch.

Tee, sagt er, sogar in deutscher Sprache.

Wir nehmen eine Tasse und bedanken uns.

„Wenn meine Antwort ungebührlich war", sage ich zu Pavel und schaue ihm direkt in die Augen, „dann entschuldige ich mich. Aber es ist die Wahrheit, ich bin wegen meiner Oma hier."

Pavel und Jiri sehen sich an. Jiri spricht nun einige Sätze, die ich nicht verstehe. Pavel nickt.

Dann spricht Jiri weiter – er will gar nicht mehr aufhören. Endlich hört er auf und Pavel beginnt seine Übersetzung:

„Zunächst möchten wir Ihnen sagen, dass es sich nicht gehört, in fremden Gärten zu graben. Mein Freund hatte sie für Einbrecher gehalten oder für Wahnsinnige, die ihm etwas antun wollten. Er hatte einmal dieses Haus nicht verkaufen wollen und glaubt seither, dass er Feinde hat, die ihm das übelnehmen."

Verlegen sehe ich zu Boden.

„Sie müssen ferner wissen, dass dies das Haus von Jiris Vater Karol ist und dass Jiri hier mit seiner Familie seit dem Kriegsende gewohnt hat. Es gehört ihm und nicht Ihnen oder Ihrer Familie."

„Darum sind wir nicht hier. Bitte glauben Sie mir doch, dass ich Erinnerungen an meine Oma suche. Sie war wie eine Mutter und eine gute Freundin für mich. Sie war lange Zeit die einzige Person, bei der ich mich geborgen fühlte. Als Kind hatte ich ein schreckliches Erlebnis in einem Wald. Weil sich niemand dafür interessiert hat, habe ich allein damit fertig werden müssen."

Esther reißt ihre Augen auf.

Meine Worte scheinen sie so aus der Fassung zu bringen, wie ich sie noch nie erlebt habe.

Jiri scheint das zu bemerken.

Für jeden in diesem Wohnzimmer ist es nun offensichtlich, dass ich mit meiner Frau noch nie darüber gesprochen habe.

Ich schäme mich und wiederhole meine letzten Worte, weil mir neue nicht einfallen wollen. Ein wenig erinnert mich das an die von Oma stets wiederholten Erzählungen in der Küche.

Ich nehme Esthers Hand und sage leise: „Entschuldige bitte."

Sie nimmt meine Hand und schweigt. Dann fällt ihr die Tasse aus der Hand. Jiri macht ein Handzeichen, das bedeutet, die Tasse könne ruhig liegen bleiben.

„Ich dachte, später kann ich darüber reden. Aber mit den Jahren konnte ich das noch weniger. Dann war alles weit weg. Und ich hatte einen Beruf, von dem ich leben konnte. Eine Ehe, in der ich nicht viel von mir erzählen musste. Der Schein war wichtig. Nur Oma ahnte, dass etwas nicht stimmen konnte. Sie hat auch nie darüber gesprochen. Trotzdem hatte ich nur bei ihr das Gefühl gehabt, verstanden zu werden."

„Warum bist du hier?", fragt Esther.

„Weil ich denke, dass Omas Wertsachen zu ihr gehören. Ich wollte sie heimbringen."

Esther schüttelt den Kopf. Ohne mich eines Blickes zu würdigen, geht sie hinaus.

Jiri steht auf, greift seinen Stock und folgt ihr. Ein kurzer Blick zu Pavel sagt, dass alles gut ist. Pavel ist verlegen. Ebenso wie ich. Erst als Esther und Jiri draußen sind, spricht er:

„Es ist nichts mehr da. Schon vor langer Zeit wurde der Schuppen abgerissen, alle Beete und Pflanzen beseitigt, die Sträucher und eine Hundehütte. Die Bagger haben den Garten umgegraben und alles, was da war, auf die Müllhalde gegeben. Eine Kiste wurde nicht gefunden und auch keine Wertsachen oder Erinnerungen. Keine Fotos oder Schmuck. Nicht mal ein Buch. Es tut mir sehr leid."

Dann sieht er zu Boden.

Für mich bricht eine Welt zusammen.

München im Jahre 2000 vor Gericht

Ihre wundervollen Haare waren das Erste, was mir an ihr aufgefallen war. Geschmeidig wie Seide, wild wie ein Pferd in der Prärie, aber hinter ihrem Kopf zusammengebunden. Als sie das Band löste und ihre Haare durch die Luft flogen, musste ich mich zwingen meinen Blick wieder abzuwenden.

Schließlich war sie die Anwältin der Gegenpartei – in diesem Fall von meiner Frau. Bald schon Ex-Frau.

Meine Ex-Frau hatte ein paar unverschämte Forderungen gestellt, die ihr aber irgendwie ausgeredet wurden, da ich meine Praxis gerade verloren hatte und mich ins Leben zurückkämpfte. Außerdem war ich bereit, eine hohe Summe von dem Verkaufserlös an meinen Sohn abzutreten. Des Weiteren hatte ich mich verpflichtet, den entsprechenden Unterhalt zu zahlen.

„Ist das richtig, dass sie selber keinen Anwalt beanspruchen?"

Die Stimme der Scheidungsrichterin – so nannte ich sie jedenfalls – offenbarte Unverständnis und Zorn. Kein Mitleid.

Ein Blick zu Esther, deren Vornamen ich bis dahin noch nicht kannte, sollte wohl mitteilen, es nicht zu übertreiben.

Esther las die Forderungen vor. Da ich fast immer zustimmte, lag es an der Richterin, mache Aussagen scheinbar zu meinem Wohle zu korrigieren.

Nur bei den Wörtern „Aggression" und „Vernachlässigung" bestand ich darauf, beide zu löschen, da sie auf keinen Fall den Tatsachen entsprachen.

„Warum?", fragte die Richterin: „Sie haben so wenig von sich und Ihren Erlebnissen in der Ehe erzählt, dass ich gerne eine Gegendarstellung hören möchte. Das betrifft das Sorgerecht für Ihren Sohn."

„Ich werde diesen Tag nicht nützen, um meine Exfrau zu denunzieren. Die Ehe ist vorbei, damit ist es gut."

Bevor die Richterin ihrem Unmut weiteren Ausdruck verleihen konnte, sagte Esther, dass sie diesbezüglich bereits an diesem Morgen mit ihrer Mandantin gesprochen habe.

Der Autounfall wurde nicht in suizidaler Absicht verursacht. Aus den Gutachten der Psychologen gehe keine Gefährdung durch den Ehemann hervor.

Meinen Sohn hatte ich so lange nicht gesehen, dass ich ihn aufgegeben hatte. Dies tat mir sehr weh, aber damit musste ich mich wohl abfinden. Wozu dann ein Rechtsstreit?

Wenig später war die Ehe geschieden.

Ich bedanke mich. Das war das Einzige, das ich dazu sagen konnte. Offenbar war Esther eine korrekte Frau in ihrem Beruf und hochanständig. Lügen, Betrug und Heuchelei schienen ihr ebenso fremd zu sein wie sogenannte Anwaltstricks, Unwahrheiten oder was auch immer zum Erfolg führen würde.

Der Rest der Sitzung verlief rasch und protokollgemäß.

Esther hatte dann als Erste den Raum verlassen. Als die Richterin noch eifrig ihre üppige Aktenmappe mit Unterlagen füllte, bemerkte ich, dass die Anwältin ihren Schal vergessen hatte.

Ich weiß heute gar nicht mehr warum, aber ich nahm ihn von der Stuhllehne und verließ wortlos und schnell das Zimmer.

Draußen war niemand und so lief ich zum Treppenhaus und die Stufen hinunter vom zweiten Stock bis in das Erdgeschoss. Dort stand sie und versuchte erneut ihre wunderschönen Haare zu bändigen.

Als ich ihr den Schal reichte, sah sie mich erschrocken an. „Vielen Dank."

„Ich habe zu danken. Sie waren sehr anständig."

„Ich bin korrekt. Das hat sonst mit nichts zu tun. Sie entschuldigen mich."

Dann ging sie hinaus und ich sah ihr lange hinterher.

Jetzt in Jiris Wohnzimmer

Lange Zeit sitze ich auf meinem Stuhl und sehe Pavel an. Er wirkt nun etwas eingefallen und brüchig, wie er da auf dem Stuhl sitzt. Vielleicht verdeckt der Mantel, den er immer noch nicht ausgezogen hat, seinen dürren Körper. Viel Gewicht hat er nicht, das fällt mir jetzt erst auf. Aber er hat warme Augen, die Verständnis ausstrahlen. Alle seine Bewegungen scheinen so kontrolliert, so durchdacht. Verletzlich – aber immer würdevoll. Dann sieht er auch mich an.

„Jiri hat kein schönes Leben hier gehabt. Bitte reißen Sie keine Wunden auf!"

„Nein. Ich weiß, welche Wunden offenbleiben. Und manchmal geht das Verbandszeug aus."

Pavel lächelt. Nur kurz.

„Was machen ihre Eltern? Wollten sie nicht mitfahren?"

„Geschäftsleute mit einem kleinen Betrieb haben andere Sorgen. Ich glaube, meine Mutter hat nicht die Kraft gehabt, hierher zu kommen."

Pavel nickt.

Ich schüttle meinen Kopf.

Pavel schweigt. Ich empfinde seinen Blick jetzt eher als strafend, kann mir das aber auch einreden.

Ich zucke mit den Schultern und möchte gerade noch weitersprechen. Da öffnet sich die Tür. Esther stützt Jiri, als sie durch die Diele gehen – ganz langsam.

Fast umarmt sie ihn. Jiri lächelt.

Esther lächelt nicht. Aber sie nickt mir zu.

Noch während sie Jiri hilft, sich auf die Couch zu setzen, beginnt Jiri mit Pavel zu reden. Minutenlang.

Als ich sprechen will, legt Esther ihren Finger an den Mund und zeigt auf Pavel.

„Es überrascht mich, aber mein Freund möchte Ihre Geschichte erfahren. Bitte erzählen Sie. Wir hören zu."

Und ich beginne in Omas Küche.

Auch wenn hier kein scheußlicher Hagebuttentee auf dem Tisch steht.

Nach wenigen Sätzen lege ich eine Pause ein, während Pavel übersetzt.

Ich bin nun Oma und ich lasse sie an meinem Leben teilnehmen. Ich glaube, dass es Omas größte Sorge war, dass sich irgendwann niemand in der neuen Zeit mehr für ihre Vergangenheit interessieren will.

Während ich spreche, denke ich: Entschuldigung, Oma.

Bayerischer Wald, im Jahre 2010

Nach einer kurzen Phase der Wiedereingliederung hatte ich zügig meine Arbeit aufgenommen und eine Arztpraxis im Nirgendwo des Bayerischen Waldes übernommen. Weit weg von allen Erinnerungen.

Mein Vorgänger war verstorben und keiner außer mir wollte sein Nachfolger werden. Ich musste nicht einmal für die Übernahme bezahlen. Nur das Versprechen abgeben, die zwei Sprechstundenhilfen zu behalten. Sie waren ohnehin bereits jenseits des 60. Lebensjahres.

Wenn man in bescheidenen Verhältnissen leben will, dann ist so eine Praxis auf dem Land genau das Richtige. Nicht, dass es einen schlechten Verdienst gegeben hätte. Nein, aber nach Feierabend geht man hier nicht in die Oper oder in die Kammerspiele. Man trifft sich nicht mit Freunden aus der Society in der Maximilianstraße und man gibt kein Geld für überteuertes Essen aus, damit man später auf einer Dachterrasse über die beleuchtete Stadt schauen kann.

Man geht in die Dorfwirtschaft und trinkt eine Halbe Bier von der einheimischen Brauerei, isst deftige Kost und erträgt die Blicke, die man erhält, wenn man als Mittvierziger stets allein an einem Tisch sitzt. Will man nicht betrachtet oder beurteilt werden, dann setzt man sich vor den Fernseher.

Mein Zuhause mit Eltern und Großeltern gab es schon lange nicht mehr. Und meine Pseudoheimat in der Landeshauptstadt, sofern das jemals eine Wohlfühlstätte war, auch nicht.

Ich habe oft überlegt, ob ein Heimatloser überhaupt noch Halt braucht oder ob er sich nur im freien Fall bewegen kann. Meine wertvollsten Ansprechpartner waren zu dieser Zeit meine beiden Sprechstundenhilfen, die nicht nur halfen, dass die Praxis richtig gut lief. Sie nahmen mich wohl als ein zu alt geratenes Kind bei sich auf, da ihre eigenen Kinder schon längst das Elternhaus verlassen hatten, und setzten sich das hohe Ziel, mich in eine Beziehung zurückzuführen.

Dabei ließen sie keine noch so bedauerliche Möglichkeit aus, mir eine Partnerin zu vermitteln: Sei es durch das Vorlesen von Kontaktanzeigen in diversen heimischen oder überregionalen Zeitungen oder auch nur durch den dezenten Hinweis, dass am Freitag im Nachbarort ein Volkstanz stattfinden würde.

Beim Tanzen dachte ich an Oma und wie sie mit Opa in ihrer Jugend durch laue Sommernächte getanzt hatten. Walzer und Polka – das waren Omas Lieblingstänze gewesen. Dies hat sie mir geschätzte zweitausendzweihunderteinundvierzigmal erzählt.

Oft fielen mir die zahlreichen verregneten Tage in Omas Küche ein. Es schien wie ein Märchen aus einer längst vergangenen Zeit. Und nicht selten hatte ich den Wunsch, dass ich in einem anderen Märchen geboren worden wäre.

Meine psychologischen Gespräche hatte ich längst abgebrochen, da ich zunehmend die Gewissheit erlangte, sich brächten nichts ein. Dem Alkohol war ich nie verfallen, ebenso wenig wie anderen Drogen. Das heißt, die Droge des Träumens in eine andere Welt, die war geblieben wie ein treuer Begleiter. Und der war mir lange Zeit auch der liebste.

Doch dann ereignete sich etwas, das mein Leben für immer verändern sollte.

Ich weiß, dass es ein Freitagvormittag war, an dem sie in meine Praxis kam. Freitag war mir stets in besonderer Erinnerung geblieben, da an diesem Tag die Intensität der Partnerschaftsvermittlung für mich bei meinen Damen besonders ausgeprägt war. Es nahte ja das Wochenende. An den Freitagen schwankte meine Laune zwischen genervt und doch wohlwollend – schließlich wollte ich die Arzthelferinnen auf keinen Fall vor den Kopf stoßen.

Irgendwann öffnete sich die Tür zu meinem Untersuchungszimmer und ein besorgter Blick verriet mir, warum ich meinen aktuellen Patienten jetzt verlassen musste.

Eine keuchende Frau hatte ihren Sohn in das Wartezimmer geschleppt.

Sie war auf dem Weg nach Prag gewesen, zusammen mit ihrem Sohn, um dort ihre jüdische Familie zu besuchen. Später berichtete sie, dass ihr Sohn schon vor der Abfahrt gehustet hatte.

Jetzt hatte er Atemnot und blaue Lippen. Er schwitzte und er hustete. Wie damals Opa im Wald.

Es war Esther, die Anwältin, die den Scheidungsprozess so gut gelöst hatte. Esther, mit einer unglaublichen Ausstrahlung, die alle in ihren Bann zieht, und mit wundervollen Haaren.

Derselbe Tag, aus Esthers Sicht

Eine Woche harter Arbeit mit sehr viel Ärger lag hinter ihr. Trotzdem hätte sie nicht zusagen dürfen. Nein, die Einladung nach Prag niemals annehmen dürfen. David war zurzeit bei ihr und er war erkältet gewesen. Er schrieb gerade an einer Arbeit für sein Studium der Politikwissenschaft.

Nein, sie hätte niemals abfahren dürfen, obwohl eine Auszeit so gutgetan hätte. Obwohl David mehrfach beteuert hatte, dass er auch gerne für zwei Tage nach Prag mitfahren wollte.

Schließlich kannten sie die Familie dort schon, seit David mit deren Tochter im Sandkasten gespielt hatte. Sie hatten sich damals sehr um Esther und David gekümmert, als die alleinerziehende Mutter mit ihrem Sohn so verloren am Kinderspielplatz war.

Später waren sie nach Prag gezogen – nicht ohne mehrfach Einladungen an Esther und David auszusprechen. Über ein Jahrzehnt war vergangen, ohne dass Esther jemals mit David dorthin gefahren war. Jetzt musste das einfach sein. Es würde schon gehen.

So dachte Esther.

Ein paar Tabletten mit Ibuprofen hatte David verweigert. Schulmedizin war in der Familie verpönt, seit Davids Bronchialasthma von seinem Hausarzt nicht richtig erkannt worden war und dann zu einem Erstickungsanfall mit sofortigem Krankenhausaufenthalt geführt hatte.

Ein Schluck vom Hustensaft, den ihr die Heilpraktikerin ans Herz gelegt hatte und eine Menge Globuli. Das sollte David guttun. Zum Teufel mit allen Ärzten.

Aber während der Fahrt hatte David so heftig gehustet, dass Esther der Schreck durch die Glieder gefahren war. In einem kleinen Ort, dessen Namen sie sich nicht hatte merken können, hielt sie nun den Wagen an einer Tankstelle an und der freundliche Verkäufer mit dem tschechischen Akzent hatte ihr den Weg zum Dorfarzt erklärt.

Esther raste mit dem Auto durch den Ort wie der Teufel.

Als David nur noch flüsternd und röchelnd gesprochen hatte, nahm sie ihren Sohn unter die Arme. Und obwohl er sicherlich fast doppelt so viel wog wie seine zarte Mutter, zerrte sie ihn über die Stufen in das Wartezimmer, wo alle Patienten sich erschrocken von den Sitzen erhoben.

Als Esther ihrem Sohn auf eine Liege half, beachtete sie mich gar nicht. Nicht einmal als ich seine Lungen abhörte und die massive Spastik wahrnahm. Die Atemfrequenz lag bei circa 30 pro Minute, der Puls war hoch und der Blutdruck niedrig. Außerdem hatte er hohes Fieber.

„Asthmatiker?", fragte der Arzt. Er hatte sie nicht einmal begrüßt – und sie ihn auch nicht.

„Ja, seit er ein Kind ist."

„Nimmt er Medikamente?"

Jetzt erkannte sie den Arzt. Für einen Moment sah sie ihm direkt in die Augen.

„Globuli und Enzyme, Zink und Calcium. Wir sind bei ..."

„Alles gut."

Das waren die Worte des Arztes gewesen und sie kamen bedächtig und fürsorglich aus seinem Mund. Obwohl ihr Sohn wieder einen Hustenanfall bekam, wirkte der Arzt irgendwie beruhigend auf sie. Gleichzeitig schien jeder Handgriff zu sitzen.

Schnell hatte er eine Nadel in Davids Vene gelegt und mehrere Medikamente intravenös verabreicht – mit sicheren Bewegungen, die auch Esther Sicherheit verliehen. Eine Maske wurde angelegt und David inhalierte.

Was auch immer der Arzt tat, David ging es von Minute zu Minute besser.

„Ein Asthmaanfall. Ich nehme an, dass er durch eine Lungenentzündung ausgelöst wurde. Er muss jetzt ins Krankenhaus."

Esther nickte dankbar. Sie konnte es sich nicht erklären, aber der Arzt bot ihr an, sie selbst dorthin zu bringen und nicht auf einen Rettungstransport zu warten.

Er hatte noch verschiedene Dinge gefragt. Ob David eine Allergie auf Antibiotika hätte. Oder wie viele Atemwegsinfekte er jedes Jahr, besonders im Winter, bekomme.

Esther beantwortete alles. Dabei bemerkte sie, dass der Arzt auffällig oft ihre Haare betrachtet hatte. Aber er blieb stets korrekt und sachlich – Eigenschaften, die sie sehr schätzte.

Die Fahrt zur Klinik dauerte nicht lang, vielleicht zehn Minuten. Nach einem kurzen Anruf des Arztes – noch während der Autofahrt – wurden sie sogleich nach der Ankunft im Krankenhaus in einen Raum gebracht. Auf dem Schild an der Glastür stand „Intensivstation".

Der Arzt war mit dem Leiter dort offenbar befreundet. Zumindest war dies aus der doch herzlichen Begrüßung zu erkennen. Die Rüge seines Kollegen, warum kein Rettungsdienst informiert worden war, hatte er weggenickt.

David wurde umgehend behandelt. Im Lauf der nächsten Tage besserte sich seine Lunge deutlich.

Esther hatte die meiste Zeit im Wartebereich vor der Intensivstation verbracht – später in der Normalstation, auf die David nach zwei Tagen verlegt worden war.

Der Arzt, der sie hergebracht hatte, hatte ihr auch ein Zimmer in der einzigen Pension am Ort besorgt. Er war nun der Lebensretter ihres über alles geliebten Davids. Er hatte auch keine Rechnung für seine Behandlung in der Praxis gestellt.

Den Besuch in Prag hatte sie fast abzusagen vergessen. Nach einer Woche war sie mit David nach München zurückgekehrt.

Trotzdem hatte sie oft überlegt, ob sie nicht besser seine Einladung zum Abendessen hätte ausschlagen sollen.

Mehr als einmal hatte sie gezweifelt. Aber dann war sie doch mit ihm ausgegangen.

Und es war ein sehr schöner Abend gewesen.

Jetzt, in Jiris Wohnzimmer

Manchmal rede ich so schnell, dass Pavel mich mit Handzeichen unterbrechen muss. Er verliert sonst den Faden.

Jiri ist unglaublich aufmerksam. Ich glaube, er möchte manchmal etwas fragen, bleibt aber ruhig. Vielleicht hat er Angst, ich könnte aufhören zu erzählen. Ich sehe es in seinen Augen.

Das ist auch seine Geschichte, die Geschichte dieses Hauses, Karols Haus, Jiris Haus.

Als ich von den Brombeersträuchern und von Omas Leidenschaft berichte, hebt Jiri kurz die Hand.

„Jiri sagt, dass er als Kind in diesem Garten auch die Brombeersträucher gern gehabt hat."

Nun sehen wir uns an. Esther unterdrückt eine Träne, was mich zuerst erschreckt. Denn ich wollte nicht, dass sie weint.

Pavel übersetzt wieder. Er ist so geduldig wie ein Vater mit seinem Kind. Oder eben ein sehr guter Freund.

„Mein Freund versteht nun, warum Sie hier sind."

Ich möchte noch etwas sagen, aber Jiri schüttelt den Kopf und ich verstehe.

„Es ist schon spät und mein Freund hat Schmerzen. Sie sehen das."

Pavel steht auf und wir verabschieden uns mit einem kurzen Handschlag. Als Jiri Esthers Hand eine Sekunde zu lang schüttelt, lächelt er.

Pavel nickt mir zu.

Ich helfe Esther in ihren Mantel, wobei mir auffällt, dass ich meinen eigenen Mantel gar nicht ausgezogen hatte. Als ich Spuren unserer Schuhe auf dem Fußboden sehe, drehe ich mich noch einmal um. Jiri schüttelt den Kopf.

„Alles gut."

Das hätte Pavel nicht übersetzen müssen.

Wir gehen zur Tür hinaus in den immer noch leeren Garten. Ich nehme die Schaufel und schäme mich für einen Moment. Es ist dunkel. Trotzdem gelingt es mir, mit wenigen Hüben die Erde zurückzuschaufeln. Als ich meine Hände an der Jeans abwische, sehe ich zum Haus. Die Tür ist zu.

Esther ist schon beim Auto und lässt den Motor an.

Dem Wald will ich keinen Blick schenken. Nur dem Garten. Da, wo einst ein Schuppen, eine Hundehütte, Gemüse und Salat, aber vor allem Sträucher mit Beeren waren. Ich stelle mir vor, wie Oma Beeren pflückt und in eine Milchkanne aus Blech wirft. Diese Kanne stand viele Jahre im Keller meiner Eltern.

Nur diese Gedanken nehmen wir mit und sonst rein gar nichts! Keinen Schatz, keine Truhe und kein Geld. Oma wäre jetzt wohl genauso enttäuscht wie wir.

Schweigend gehen wir zum Auto und fahren zu unserer Herberge zurück.

In Jiris Haus, kurz danach

Pavel hat die Tür geschlossen, ohne nachzusehen, ob die ungebetenen Gäste aus Deutschland wirklich gegangen sind. Er sorgt sich um seinen Freund. Die Erzählungen haben Jiri sichtlich angestrengt. Er sitzt immer noch auf seiner Couch, nach vorn gebückt, die Hände stützen sein Gesicht. Die Müdigkeit ist ihm so deutlich anzusehen wie die Anspannung, als er den Erzählungen der beiden Deutschen zuhörte.

Das meiste hat dabei der Mann gesprochen, dessen Vorfahren hier einmal gelebt haben. Scheinbar sind sie hier glücklich gewesen, bevor sie weg mussten.

Glück in diesem Haus – nur schwer vorstellbar.

Und dann seine Frau. Sie hat einen so gütigen Blick. Etwas Fürsorgliches und gleichzeitig Trauriges. Verletzlich und stark, wie faszinierend. Und sie hat wunderschönes Haar. Ja, Jiri hat es gespürt, tief drinnen in sich. Etwas, das er lange Zeit vermisst hat. Die Attraktivität einer Frau. Und dann hat sie ihm auch noch Schmerzmittel gegeben.

Jiri hat sie sofort gemocht. Und so vertraut, fast schon beängstigend – als wären sie sich schon einmal begegnet. Komisch. Mehrmals hat sie gefragt, ob sie ihm helfen kann.

Helfen. Für ihn da sein. Das hatte er bei Jana so sehr vermisst, insbesondere nachdem Karol gestorben war. Sätze wie: „Geht es dir gut und kann ich helfen?"

Pavel räumt die Tassen weg und spült sie in der Küche im Waschbecken ab.

„Was schüttelst du den Kopf?", fragt er Jiri.

Ob es Jiri gut geht, das wagt er nicht zu fragen. Er weiß, dass es seinen Freund sehr angestrengt hat, so lange zuzuhören. Ja, Pavel hat sich gefragt, warum Jiri den beiden so lange gelauscht hat. Mehrmals hat er versucht, das Gespräch abzubrechen und die Deutschen rauszuwerfen. Seinem Freund die Strapazen des Sitzens und der Schmerzen zu ersparen. Aber Jiri hat zugehört, so intensiv, wie Pavel ihn schon lange nicht mehr erlebt hat.

Nun schüttelt Pavel seinen Kopf.

Als die Rede von den Brombeersträuchern war, musste Jiri ein paar Mal lächeln. Er hatte immer gerne Brombeeren gegessen und es gab ja so viele Sträucher gleich neben dem alten Schuppen. Manchmal hatte Karol sie für ihn gepflückt. Oder für seinen Bruder. Dann hatten sie Verstecken gespielt. Obwohl sein Vater genau gewusst hatte, dass Jiri sich fast ausschließlich in den Beerensträuchern versteckte. Wie oft waren seine Hemden an den Ärmeln zerrissen.

Und die alte Hundehütte – ohne Hund. Darin hatte sich sein Bruder oft versteckt. Mama hatte sie irgendwann verbrannt, so wie alle Kleider und Spielsachen, die seinem Bruder einmal gehört hatten.

Der Krieg. Die Angst. Der Tod. Die Qualen. Der Hunger.

Pavel hatte befürchtet, dass es Jiri weh tun könnte, davon zu sprechen. Aber noch mehr hatte er Angst, dass die Geschichten von dem Haus und dem Leben darin die tiefen Wunden wieder aufreißen könnten.

Jiri hatte doch mit dem Haus abgeschlossen und mit seinem Leben darin. Mit dem Tod aller, die er geliebt hatte. Und mit Jana, die fortgegangen war und ihn hier allein zurückgelassen hatte. Das letzte Stückchen Lebensfreude ihm herausgerissen hatte. Den Atem zum Leben genommen und Jiri ohne Atem direkt in die Ohnmacht der Hilflosigkeit getrieben hatte und in die Betäubung durch Alkohol.

Aber Pavel hat keinerlei Anzeichen bei seinem Freund gesehen, das Gespräch abzubrechen. Im Gegenteil. Je mehr der Deutsche erzählt hat, desto aufmerksamer schien sein Freund zu werden.

Und dabei so unglaublich weit weg von den Schmerzen an der Hüfte. Und den Narben der Seele.

Und noch etwas war Pavel aufgefallen.

Jiri steht auf und zieht sich den Mantel an, nimmt seinen Stock und nickt Pavel zu. Zeit, nach Hause zu gehen. Zum jetzigen Daheim, aus dem Zuhause der Vorzeit hinaus.

Und doch war das nicht mehr so ganz einfach jetzt. Nicht mehr so wie vorher. Der Besuch hat etwas verändert.

Pavel macht das Licht aus. Zuerst in der Küche, dann im Wohnzimmer, dann im Gang.

„Du brauchst nicht zu lüften", sagt Jiri, „alles gut." Die Luft ist wirklich stickig.

Pavel lächelt. Erneut schüttelt er den Kopf. Zweimal, viermal.

„Was hast du? Nackenschmerzen?"

„Nein", antwortet Pavel, „aber sag mir, warum du die beiden Deutschen überhaupt ins Haus gelassen hast."

„Neugier. Ich glaube ihnen, dass sie hier eine Geschichte hatten."

Pavel nickt. Sie hatten wirklich eine Geschichte zu bieten.

Aber sie hatten kein Recht zu graben. Das ist Hausfriedensbruch.

Jiri winkt ab. Ihm ist nicht entgangen, dass der Deutsche sehr enttäuscht war. Es ist nichts im Haus und noch weniger im Garten. Erinnerungen, die wie Geister durch eine alte Burg fliegen. Zeugen einer Zeit, die längst vergangen ist und die keiner mehr will.

„Hier gibt es gar nichts. Nichts für mich und nichts für sie. Und was es einmal gab, hat der Krieg kaputtgewalzt. Einfach umgebracht, verstehst du, Pavel?"

Pavel neigt den Kopf.

„Eines verstehe ich nicht, Jiri. Du hast die Frau lange angesehen. Sag nicht, dass ich das nicht bemerkt hätte", fragt er und sieht Jiri an. Fast schon hintersinnig.

„Sie hat Janas Augen", sagt Jiri. Jetzt lächelt er für einen Moment, obwohl gleichzeitig eine Träne die Wangen herunterläuft.

Fast hätte es Pavel nicht gesehen.

Kurze Zeit später, in der Herberge

Die ganze Fahrt über habe ich geschwiegen. Kein einziges Wort auch von Esther. Ihr leerer Blick sagt mir nichts Gutes. Wir sind beide sehr enttäuscht und müde. Meine schlechte Stimmung wird nur von den Schmerzen an meinen Händen übertroffen. Das mühsame Graben hat Schwielen und Blasen hinterlassen.

Ich habe es nicht gewagt, Esthers Hand zu nehmen. Ich weiß, dass sie auf eine Erklärung wartet. Sag was, denke ich, aber ich kann nicht.

Wir steigen stumm auf dem Parkplatz vor unserer bescheidenen Herberge aus. Schaufel und Tasche lasse ich im Wagen und ich weiß nicht einmal mehr, ob ich ihn abgesperrt habe.

Ich sehe Esther nur hinterher, wie sie die Haustür aufsperrt.

Als ich den Weg zur Treppe einschlage, nimmt sie meinen Arm und zieht mich in die Gaststube. Erwartet mich nun eine Standpauke?

In der Küche brennt noch Licht. Ich höre den Wirt in der Küche. Er spült Pfannen ab. Esther bestellt zwei Bier.

Dann drückt sie mich auf einen Stuhl und holt einen Aschenbecher. Wir sind allein um diese Zeit in der Gaststube. Nur der Wirt in der Küche. Schwach brennt das Licht vom Deckenleuchter. Alles ist so still.

„Willst du jetzt hier eine rauchen?", frage ich.

Esther sieht mich nur an.

„O. k., ich weiß, dass es eine blöde Idee war, hierher zu fahren", fahre ich fort:

„Meine Oma …"

„… war dein einziger Freund als Kind. Und später auch noch. Du warst ein Einzelgänger, so was wie ein Sonderling, kaum Freunde, gutes Abitur, gutes Studium."

Schweigen folgt.

Ich greife nach ihrer Hand und zucke zurück, denn unerwartet tritt der Wirt zur Tür herein. Er stellt zwei Bierkrüge auf den Tisch. Ich habe ihn gar nicht bemerkt.

Er ist barfuß, trägt eine schwarze Jeans und eine Strickjacke. Offensichtlich war er nicht mehr auf Gäste vorbereitet. Eigentlich müsste er sauer sein, aber er lächelt.

„Haben Sie gefunden, was Sie gesucht haben?"

Sein Deutsch hat einen Akzent, ist aber einwandfrei.

Wir sehen ihn an. Die Frage, ob er Deutsch spricht, ist jetzt völlig unangebracht. Er hat uns immer verstanden. Jedes Gespräch.

Ich schüttle den Kopf, ohne ihn anzusehen. Da er Esther und mich unterbrochen hat, verschafft er mir eine Verschnaufpause.

„Doch", entgegnet Esther, „mehr, als ich erwartet hatte."

Nun sehen sich die beiden an.

Ein Blick von Esther gibt ihm zu verstehen, dass er uns wieder allein lassen soll. Und er versteht schnell.

„Ich stelle Ihnen noch zwei Bier in den Kühlschrank. Sie wollen jetzt sicherlich Ihren Fund besprechen. Gute Nacht."

Er schließt leise die Tür. Seine Frau und sein Kind schlafen sicherlich.

Bevor ich noch irgendetwas erwidern kann, nimmt Esther ihren Bierkrug.

„Prost!"

Wir stoßen an und trinken, als ob wir eine Party hätten. Aber Esther lässt mich nicht vom Haken und fährt fort:

„Ich habe mich immer gewundert, warum du so wenig Kontakt zu deiner Heimatstadt gesucht hast. All die Jahre – wir waren bei meiner ganzen Verwandtschaft, auch bei meinen Freunden. Wir haben Kolleginnen aus meiner Studentenzeit besucht. Die ganze Welt haben wir bereist. Barcelona, Paris, Istanbul, Stockholm, Thailand und Brasilien. Aber wir waren nie bei deinen Freunden."

„Ich hatte diesen Unfall ...", stammle ich.

„... auf dem Weg von der Beerdigung deiner Oma nach Hause. Du hast dich dort wie ein Irrer verhalten", hat man mir erzählt. „Zuerst dachte ich, es ist der Verlust. Deine Oma war Mama, Papa und Freundin für dich gewesen. Und du warst ihr einziger Zuhörer.

Deine Ex-Frau war eine herzlose Karrieretante voller Standesdünkel und Luxus. Kein Hafen zum Andocken für das Sensibelchen Tom, also blieben dir der Beruf und die Erinnerung an sie."

Ich schweige.

Sie hat recht.

„Tom", ihre Stimme ist jetzt sanft und behutsam nimmt sie jetzt meine Hand.

Sie weiß, dass es noch etwas zu erzählen gibt. Ein Geheimnis, das endlich gelüftet werden und eine eingesperrte Seele, die befreit werden muss.

„Was ist damals im Wald passiert?"

Ihr Blick ist bohrend und scharf.

„Esther, ich kann nicht darüber sprechen und es ist so lange her. Ich liebe dich, aber bitte zwing mich nicht jetzt..."

„Ich liebe dich auch, Tom. Aber ich weiß manchmal gar nicht, warum".

Dann wischt sie sich eine Träne von der Wange und trinkt schnell einen Schluck Bier. Nein, mehrere.

Sie hat ihren Krug fast ausgetrunken und sie trinkt selten Alkohol. Ihre Religion und ihre Gewissenhaftigkeit verbieten das.

Seit ich Esther nun kenne, sind die düsteren Träume nicht mehr bedrohlich und der Wald ist so viel heller geworden.

Ich kenne und genieße ihre Zuneigung. Aber zum ersten Mal hat sie die Worte „ich liebe dich" ausgesprochen. Und noch nie haben mich diese Worte so sehr berührt wie in diesem Moment.

„Was war im Wald, Tom, warum diese Angst?"

Ich weiß nicht, warum ich plötzlich dieses Gefühl von Geborgenheit in mir spüre, wie ein warmes Bad.

Eine unsichtbare Last fällt von meinen Schultern.

Ein Atemzug, der endlich gelingt, bevor man erstickt.

Und ich beginne Esther die Geschichte zum ersten Mal zu erzählen und ich lasse mir viel Zeit.

„Als Kind bin ich im Wald vor meinem Dorf von einem Irren überfallen worden. Ich konnte ihm entkommen und mich verstecken, musste aber zusehen, wie er sich selbst befriedigt hat. Ich war so hilflos. Außerdem konnte ich sein Gesicht nicht sehen. Nur seine Stimme war so schnarrend, so boshaft und so irre. Ich war seither nie mehr in einem Wald."

Esther hält meine Hand und sie atmet so ruhig wie Oma, wenn sie zuhört. Sie sieht mir in die Augen, manchmal nickt sie.

Ich berichte noch, was ich bei Omas Beerdigung gehört hatte und wie es zu meinem Autounfall gekommen ist.

Meine Worte werden brüchig. Wie ein altes Gemäuer, das einstürzt. Weinen kann ich nicht.

Als meine Stimme leiser und immer leiser wird, umarmt mich Esther.

Wir küssen uns lange und innig so wie Teenager in der ersten und unvergessenen Liebe. Wie Ertrinkende. Es kommt mir vor, als ob Stunden oder Jahre vergehen und gleichzeitig die Zeit stehen bleibt.

Esther atmet schneller, doch dann beendet sie den Kuss und sieht mir tief in die Augen.

Ich sage nichts. Aber ich spüre, dass ich wieder sprechen kann. Mein Bierglas steht noch halbvoll auf dem Tisch. Daneben liegt der Aschenbecher.

„Ich habe dich noch nie so emotional gesehen wie heute, Tom. Ich habe begriffen, dass dir diese Fahrt ungemein viel bedeutet. Du bist ein Gefühlsmensch. Aber du hast mir nie erzählt, was dich so bewegt. Aber jetzt weiß ich es. Weil es deine Oma so bewegt hat."

Obwohl ich mich fürchterlich schäme, fühle ich mich von einer jahrelangen Last befreit.

„Ich musste erfahren, was mich hier erwartet, was uns erwartet, denn ich will keinen zweiten Schock erleben. Der Tod meines Mannes hat mein Leben verändert", fährt Esther fort.

„Ich habe nie Antworten auf meine Fragen zu seinem Unfall erhalten und meine Familie auch nicht. Damit musste ich leben und ich hatte schlimme Ahnungen von Betrug und Heimlichkeit. Aber keine Antworten. Kannst Du Dir vorstellen wie das ist, mit lauter Fragen ohne Antworten zu leben?"

Sie erklärt mir noch, dass sie mein Erlebnis im Wald nicht so sehr schockiert. Schliesslich hätte ja noch viel Schlimmeres passieren können.

Für die meisten Menschen wär das kein Grund gewesen, Wälder zu meiden.

Ich nicke stumm.

Tatsächlich hätte ich sie aufklären müssen, warum ich hierher wollte. Allein schon aus Rücksicht auf ihre Gefühle. Es ging um Omas Geschichte.

„Tom, noch was: Pass auf, also der Aschenbecher ist jetzt der Schuppen in eurem Haus hier und dort haben wir gegraben, richtig?"

„Richtig, aber warum …?

„Im Lauf der Zeit muss der Wald ein paar Meter nach vorn gewachsen sein. Die Grenze lag hinter dem Schuppen, die Brombeerstauden reichten bis zum Wald, dazwischen ein schmaler Pfad. Dort hinten muss deine Oma ihr Geld vergraben haben, nicht direkt neben dem Schuppen. Inmitten der Sträucher, wo sie keiner sehen konnte."

Ich springe vom Stuhl auf. Mein Puls schnellt uneinholbar in die Höhe.

„Dann haben wir zu weit vorn gegraben."

Esther nickt.

„Die Kiste ist noch da, wenn es je eine gab."

Ich rücke meine Brille, die mir beinahe von der Nase gefallen wäre, zurecht.

„Die Kiste ist noch da. Deine Kiste, Tom. Mir ist das erst aufgefallen, als ich mit Jiri nochmal nach draußen gegangen bin und er mir den Garten beschrieben hat. Und wenn wir schon mal hier sind, dann sollten wir sie nochmals suchen "

Jetzt, auf dem Gemeindeamt

Pavel kann es immer noch nicht glauben, dass er tatsächlich hier im Rathaus ist.

Jiri muss völlig verrückt geworden sein. Und Pavel ist richtig verärgert. Aber er hat Jiri sein Wort gegeben, sich zu erkundigen. Er müsse selber gehen, da sein Freund ja nicht mehr so gut zu Fuß ist. Na gut.

Außerdem hatte Jiri die Hosen voll. Das hatte Pavel genau gespürt, als Jiri ihn bat, die Gemeinde aufzusuchen und nach den Grundstücksplänen zu fragen.

Ja genau, die Eintragungen im Grundbuchamt und alle sonstigen Dokumente, die seine Heimatgemeinde noch hat und die der Krieg nicht zerstört hat. Ihm sei etwas aufgefallen, als er mit der Deutschen draußen im Garten stand. Etwas an der Stelle, wo sie erfolglos gegraben hatten.

Pavel hatte abgelehnt, immer wieder mit dem Kopf geschüttelt und war schließlich laut geworden. So laut wie seit Jahren nicht mehr. Das passierte zuletzt, als er wegen Trunkenheit von der Arbeit vorübergehend suspendiert worden war. Sie hatten ihn am darauffolgenden Tag mangels Alternativen wieder einstellen müssen und Pavel hatte sich entschuldigt und geschworen nie mehr zu trinken. Und auch nie mehr so laut zu werden. Jahrelang hatte er eisern durchgehalten, bis ihn Jiris Starrsinn heute fast wahnsinnig gemacht hätte.

„Hallo Pavel, träumst du?"

Pavel hatte übersehen, dass er sich bereits im Gebäude befand – so sehr war er in Gedanken noch bei seinem besten Freund Jiri.

„Pavel, hast du Epilepsie, weil du ständig mit dem Kopf wackelst?"

Der Mann sitzt hinter einer Art Tresen, dessen Holz einige Kerben aufweist. Das Gesicht des Mannes ebenfalls.

„Sagst du uns heute noch, was du hier willst, oder warten wir bis morgen?"

„Ich bin hier für meinen Freund Jiri. Kannst du was nachschauen?" Mit Verzögerung reicht Pavel ein „Bitte" nach.

„Kommt der Krüppel nicht mehr aus seinem Haus?"

Pavel bleibt ruhig. Die Unfreundlichkeit seines Gegenübers verdrängt Jiris Bitte schleichend aus seinem Kopf.

„Schon gut. Was kann ich für dich tun?"

„Hallo Duzan, du kennst Jiris Haus? Er möchte seinen Eintrag im Register sehen und die Ausmaße seines Grundstückes."

Mit dieser Frage hat Duzan nicht gerechnet. Aber bevor er den Mund aufmacht, hebt Pavel seine rechte Hand. Schon gut, kein Tag für ausufernde Gespräche. Dann setzt er sich auf eine Bank, die offenbar den Ansturm von Besuchern täglich zu stemmen hat. Heute sitzt Pavel allein auf ihr.

Was ist nur in seinen Freund gefahren! Es hat mit diesen Fremden zu tun. Aufdringlich und unverschämt. Deutsch eben.

Aber da ist etwas, das Pavel irritiert. Es ist dieser Glanz in Jiris Augen seit er diese Deutsche gesehen hat. Ist sie überhaupt aus Deutschland? Pavel glaubte zunächst an eine Israelin oder Palästinenserin oder eben an jemand aus dieser Region. Sein Vater hatte oft mit Juden Geschäfte gemacht.

So einen Blick hatte er bei seinem Freund seit Jana nicht mehr gesehen. Das muss es sein. Jana ist fort und diese Frau weckt seine Erinnerung. Er wird verrückt, mein Freund, nicht mehr nur kauzig, sondern komplett durchgeknallt.

Bevor Pavel wieder im Nebel seiner Gedanken versinkt, hört er Duzan sprechen.

„Tut mir leid, das muss alles im Register in Olmütz sein. Wir haben hier kaum mehr Unterlagen. Sag das deinem Freund, Pavel."

„Danke." Pavel erhebt sich und nickt zum Abschied.

„Aber falls es euch interessiert. Ich habe hier eine Zeichnung von dem Grundstück, hat mein Vater mal gemacht, als er das Grundstück kaufen wollte."

Eine Zeichnung also. Jiri hat vielen Leuten, die sein Haus kaufen wollten, den Mund wässrig gemacht. Und hier hat eine ganze Familie Platz. Es war immer schon zu groß für einen Jiri.

„Wusste nicht, dass dein Vater gemalt hat."

„Eigentlich hat es meine Mutter für ihn gemalt. Sie wollten dort einziehen und dann umbauen. Das war, bevor die Gemeinde den Teil des Gartens beschlagnahmte, der zum Wald führt. Forsterweiterung. Dann war der Garten nur noch halb so groß und mein Alter hat sich was in der Stadt gekauft. Die Karte hat er irgendwann hier abgegeben."

„Und die kann ich mitnehmen?"

„Sie ist wertlos, Pavel. Sie zeigt das Grundstück etwa 1946 oder 1947, so kurz nach dem Krieg."

Er überreicht Pavel ein schmieriges Stück, das einmal ein schönes Papier war. Die Zeichnung ist verwaschen. Die Umrisse des Anwesens aber sind gut zu erkennen. Das Haus, die Hundehütte. Und dann der Schuppen.

„Der Schuppen steht mitten auf dem Grundstück?"

„Ja, wieso? Ist doch egal, wo das Ding mal war."

Duzan zieht sich zurück und peilt die Kaffeemaschine an. Die Erinnerung an seine Eltern ist ihm weit weniger wichtig als eine duftende Tasse frischen Bohnengebräus.

Pavel schüttelt den Kopf. Dann lacht er. Die dummen Deutschen haben um etwa zwanzig Meter falsch gelegen, wenn nicht mehr. Meine Güte! Und dafür haben sie einen Hausfriedensbruch und eine Anzeige riskiert.

Aber wieso sein Freund Jiri sich dafür interessiert, ist unverständlich, ja unsinnig und irgendwie auch gefährlich. Pavel hat kein gutes Gefühl, als er das Rathaus verlässt und das liegt nicht nur am einsetzenden Regen.

Omas Haus, jetzt Jiris Haus, kurz danach

„Jiri, ich bin es, Pavel. Nun mach schon auf!"

Pavel friert im Nieselregen an Jiris Haustür. Im Haus brennt Licht, zumindest in der Küche und im Flur. Kein Laut ist zu hören.

Pavel ist beunruhigt und genervt.

Nun ruft er schon zum dritten Mal Jiris Namen und ertappt sich dabei schon wieder dabei, laut geworden zu sein. Als er einen Schritt zurücktritt, erwischt ihn ein Wasserguss, der vom Dach fließt.

Ein leises Fluchen und ein lautes „Jiri" folgen. Dann schielt Pavel durch das Fenster in den Flur. Dabei lehnt er sich an die Tür, die sich sofort öffnet.

„Jiri."

Wieder keine Antwort.

Sorgenvoll betritt Pavel das Haus seines Freundes. Alles in bester Ordnung. Sieht nicht aus wie nach einem Einbruch. Aber auch kein Jiri. Pavel betritt die Küche, wo sich ebenfalls alles an seinem Platz befindet. Die Stühle lehnen am Tisch, der aufgeräumt ist. Kein Geschirr im Waschbecken.

„Jiri, bist du hier? Die Haustür ist nicht abgeschlossen."

Langsam zieht draußen die Dämmerung auf. Pavel hat nun doch Angst um seinen Freund, den er im ganzen Haus nicht finden kann.

Als er die Tür schließen will, sieht er die Scheinwerfer eines weißen Autos mit deutschem Kennzeichen. Das Auto hält vor dem Gartenzaun.

Die haben mir noch gefehlt, denkt Pavel. Seine Laune ist nun am Tiefpunkt.

Als Esther und ich aussteigen, sind wir ebenfalls nicht amüsiert, diesen Pavel wieder zu treffen, dessen Blick uns eindeutig Ablehnung offenbart und der uns sicherlich jetzt nicht willkommen heißen wird.

Ich bin froh, dass Esther vorausgeht. Ihr Lächeln öffnet die verschlossenen Tore dieser Welt. Auch meines.

Nach einer eisigen Begrüßung – wir stehen noch immer am Gartenzaun – fragt Esther nach Jiri. Pavel gibt uns zu verstehen, dass er nicht da ist.

Trotzdem geht er auf uns zu, mustert uns wie der Hauptfeldwebel meiner Bundeswehreinheit in Nordbayern. An den Ort möchte ich mich wirklich nicht mehr erinnern und an meine sogenannte „Grundausbildung" auch nicht mehr.

Pavels Augen zeugen nicht von Militär, eher von Sorgen.

Esther erkundigt sich, ob alles in Ordnung ist. Pavel zögert. Er will mit uns nicht kommunizieren. Aber nach einigen Sekunden bleibt sein Blick bei Esther haften. Dann schüttelt er den Kopf.

„Ich möchte mich nochmals entschuldigen für gestern." So versuche ich, auf Deutsch und äußerst gestenreich meinen Teil zum Gespräch beizutragen. Obwohl das keine Unterhaltung ist. Irgendwie liegt der Hauch eines Westerns von Sergio Leone in der Luft.

Auch Pavel kann mit seinen Augen nicht von Esther lassen. Dabei schüttelt er unentwegt seinen Kopf.

„Alles o. k.?"

„Ohne mich zu beachten, raunt Pavel Esther zu: „Sie hätten nicht kommen sollen, nicht gut. Keine gute Erinnerung. Die Zeit heilt doch keine Wunden. Zu viel für meinen Freund."

„Ich habe auch Erinnerungen, Pavel! Der zweitwichtigste Mensch in meinem Leben hat hier gewohnt und musste weg. Ich weiß, dass wir Deutschen verantwortlich sind für den Krieg, den Holocaust und viele Verbrechen. Meine Oma aber nicht."

Pavel entscheidet sich nun, auch mir einen Blickkontakt zu schenken. Darin erkenne ich so etwas wie Achtung.

„Ich kann Sie verstehen. Sie suchen Vertrautes in der Vergangenheit. Ich habe im Haus meiner Eltern nach ihrem Tod auch gesucht. Erwarten Sie nicht zu viel."

Esther legt ihren Arm auf Pavels Schulter. Ich verspüre Anspannung, aber Pavel wehrt sich nicht dagegen. Stattdessen legt er plötzlich seine Hand auf Esthers Arm.

„Sie sind wunderschön. So wie Jana. Das war Jiris Frau. Ich habe Angst um meinen Freund. Er ist so anders, seit er Sie gesehen hat."

Esther sieht in Pavels traurige Augen. Jetzt erkenne ich, wie viel Jiri Pavel bedeutet. Schweigen ist nun das Richtige. Wir stehen im Regen am Gartenzaun und nun gesellt sich auch noch etwas Wind dazu.

„Wo ist Jana?"

Esther hat die Stille durchbrochen. Sie nimmt ihre Hand langsam von seiner Schulter. Ihre wundervollen Haare sind klitschnass.

Pavel zuckt mit den Schultern. „Wohl tot. Sie hat Jiri vor Jahren verlassen."

Esther sieht Pavel tief in die Augen. Dann umarmt sie ihn. Pavels Hände wissen nicht wohin. Er versucht die Umarmung zu erwidern, zieht seine Hände aber zurück.

„Jiri ist weg. Hoffentlich hat er sich nichts angetan."

Ich ziehe meinen Anorak aus uns lege ihn über Esthers Schultern. Sie hat vergessen, ihren anzuziehen und muss jetzt nass bis auf die Haut sein.

„Als Jana wegging, ist Jiri in den Wald und fast gestorben", sagt Pavel.

„Dann gehen wir jetzt in den Wald und suchen – verdammt noch mal – Jiri." Dabei sehe ich Pavel tief in die Augen; daraufhin hole ich Taschenlampen aus dem Auto.

Pavel nickt. Für einen Moment legt nun er seine Hand auf Esthers Schultern.

Es ist dunkel und der Regen lässt etwas nach. Offenbar sind aktuell sogar die Elemente beeindruckt von unserer Entschlossenheit.

Dann hören wir Schritte. Eine Gestalt kommt aus dem Wald direkt auf uns zu. Sie spricht Worte in tschechischer Sprache.

Es ist Jiri.

„Jiri!" Pavels Stimme ist laut, aber erleichtert.

Sein Freund steht nun vor uns, ebenfalls klitschnass, und er hält eine Schaufel in der Hand.

In Jiris Wald, jetzt

Wir stehen alle vor der Grube, die etwa einen Meter lang ist. Mitten im Wald. Ein schöner Haufen Erde liegt daneben, garniert mit Brennnesseln und Moos.

Die Taschenlampen leuchten, aber Gott sei Dank ist keines unserer Gesichter beleuchtet. Esther hat schon seit einigen Sekunden ihren Arm auf meiner Schulter. Sie fragt sich wohl, wie ich mich fühlen mag. Aber sie sagt nichts, ebenso wenig wie ich.

Auch Pavel schweigt Jiri an. Was er denkt, will ich nicht wissen. Jiri stützt sich auf seine Schaufel. Auf dem Weg vom Gartenzaun in den nahen Wald habe ich an seinen tiefen Atemzügen bemerkt, dass er Schmerzen hat. Ein Angebot Pavels, ihn zu stützen, hat er abgelehnt.

Wer einmal versucht hat in einem Wald ein Loch zu graben, der weiß, dass Wurzeln, Steine und Pflanzen im Weg stehen und es viel mühseliger ist als in einem Garten. Man kann erahnen, wie sehr sich Jiri geschunden hat.

Ich bin irritiert. Schließlich durchbricht Esther die unendliche Stille.

„Jiri, hast du hier gegraben und wieso?"
Pavel übersetzt.
„Hier ist nicht nur deine Geschichte, Deutscher!"
Pavel übersetzt das etwas freundlicher. Dabei sieht er mich an.

Ich löse mich von Esther und will Jiri die Hand reichen. Aber er gibt mir die Schaufel statt seiner Hand und stöhnt. Ich vermute, ich soll nicht reden, sondern graben. Schemenhaft erkenne ich Omas Haus.

Ich sehe, dass Jiri die Stelle meiner ersten und erfolglosen Grabung etwa 20 Meter in den Wald hinein verlegt hat. Esther leuchtet in das Loch, wo Erde und Wurzeln sich abwechseln. Hier muss die Stelle sein, wo der Garten seines Elternhauses geendet hat. Kein Zweifel.

Pavel hat Jiri auf die Seite genommen und redet heftig auf ihn ein. Seine Augen weit aufgerissen. Die tschechische Sprache verstehe ich nicht, aber Pavel fragt ihn sicherlich nach dem großen WARUM. Wahrscheinlich hält er seinen Freund für geisteskrank. Zumindest klingt seine Stimme erregt, fast wütend. Als Jiri ein paar Worte flüstert, ist Pavel aber ruhig.

„Hinter dem Schuppen an der Grenze zum Wald an der Ecke unseres Gartens: Genau dort habe ich die Kiste vergraben." Das waren Omas Worte.

Inzwischen grabe ich und suche Lücken unter all den Wurzeln. Die Erde ist nass und schwer. Meine Hände schmerzen, aber ich lasse mir das nicht anmerken. Ich blicke zu Esther, kann sie aber nur schemenhaft erkennen, da sie mir direkt ins Gesicht leuchtet.

Ich grabe weiter. Eine hartnäckige Wurzel zerstoße ich mit der Schaufel. Der Schweiss benetzt meine Stirn.

Mittlerweile beginnt es wieder stärker zu regnen. Die kleinen Tropfen bedecken meine blutende Hand und wollen sagen: Hört doch auf, lasst die Vergangenheit ruhen. Das denkt sicherlich auch Pavel. Jiri atmet schwer. Esther nimmt seinen Arm, wobei ihr die Taschenlampe aus der Hand fällt.

Fast schon zornig stoße ich die Schaufel in die nasse Erde. Dann bücke ich mich enttäuscht nach der Taschenlampe, die immer noch brennt.

Esther schüttelt den Kopf und sieht mich streng an.

Ich bemerke nicht, wie Jiri von ihr und auch von Pavel gestützt wird, da meine Taschenlampe nun eine Stelle im

Waldboden erleuchtet, die nicht nach Moos und Wurzeln aussieht. Gleich neben der Schaufel.

Das ist rostiges Metall wie bei einem Deckel einer Kiste oder Schatulle. Ich habe die Lampe in meinem Mund, während ich mit bloßen Händen den Waldboden aufgrabe. Pavel redet auf Jiri ein, will ihn bestimmt ins Haus zurückführen. Der kalte Nieselregen beflügelt diesen Wunsch sicherlich. Aber Jiri will nicht fort. Er macht, immer noch gestützt von Esther und Pavel, zwei Schritte auf mich zu.

Mittlerweile habe ich die Kiste freigelegt und von Erde befreit. Sie ist etwa 10 mal 20 Zentimeter groß, rostig und eine Inschrift ist nicht zu erkennen. Nicht einmal ein Zeichen oder ein Bild.

Wie das Vermächtnis des Krieges: Verwesung!

Dazu wird der Regen immer stärker, begleitet von einem rauen Wind, der zwischen den Bäumen fegt. Trotzdem geht jetzt niemand weg und außer Jiris tiefen Atemzügen ist kein Laut zu hören. Immer noch kniend lege ich die Kiste auf den feuchten Boden. Meine Schmerzen habe ich vergessen. Die anderen stehen um mich herum, während ich versuche, den Deckel zu öffnen. Ein Schloss gibt es nicht. Und falls vernünftige Menschen in solchen Momenten auf die sicherlich findige Idee gekommen wären, wieder in das warme Haus zu gehen und dort in aller Ruhe und Trockenheit das Schatzkästchen zu öffnen: Nun, wir haben nicht daran gedacht.

Schließlich gelingt es mir, den Deckel aus seinem Dornröschenschlaf zu befreien und die Schatulle unter lautem Quietschen zu öffnen. Das ist es. Das muss sie sein, Omas Kiste mit all ihren Habseligkeiten, die sie zurücklassen musste.

Geld und Schmuck, Dinge, die man ihr wahrscheinlich abgenommen hätte. Erinnerungen an ihr Leben hier, die sie besser nicht in eine ungewisse Zukunft mitnehmen wollte.

Mein Herz klopft. Oft habe ich mir diesen Moment in meinen Gedanken ausgemalt, wie ich Omas Hochzeitsring, ihre Halskette, verschimmelte Geldscheine in nicht mehr erkennbaren Währungen oder auch nur ein Haarband zu finden vermochte. In diesen Traumbildern war das Wetter stets einladend schön – kein kalter Nieselregen. Außerdem war ich mit Esther allein.

Ich leuchte nochmals in alle Gesichter. Jiri nickt. Pavel wirkt nun wie konsterniert, vielleicht auch etwas besorgt. Esther legt ihre Hand auf meine Schulter. Dann nickt auch sie.

Was immer ich nun erwartet hatte: Es war nicht in dieser Schatulle. Sie war weitgehend leer. Ein Papier mit vergilbter und nicht mehr lesbarer Schrift und darunter eine Fotografie, die erstaunlich gut erkennbar einen Mann zeigt.

Er trägt einen Anzug, was darauf hinweist, dass diese Aufnahme zu einem besonderen Anlass aufgenommen wurde. Ich halte das Licht der Lampe auf die zwei einzigen Fundstücke im Wald von Dlouhá Loučka, damit meine Grabgesellen die Früchte unserer Anstrengung betrachten können.

Ich bin verwirrt. Mein Blick geht ins Leere. Und so fühle ich mich. Nicht einmal Platz für eine Träne. Keine Kraft für einen Schrei vor Wut und Ernüchterung. Esther streichelt meinen Kopf, als ob sie mich trösten will. Meine ganze Enttäuschung braucht nun mehr Stützte als Jiris gebrechliche Knochen.

Aber Jiri selbst scheint aufgewühlt zu sein. Langsam nimmt er mir das Bild und die Taschenlampe aus der Hand und hält es vor seine Augen.

Dabei sagt er nur zwei Wörter: „Tata! Papa!"

Kein Zweifel – der Mann auf dem Bild ist niemand anders als sein Vater Karol.

Im Wald, 1945

Zwei Frauen gehen durch die Finsternis und trotzen dem Wind. Die Mutter hält die Hand ihrer Tochter. Sie trägt einen Korb mit Brot und Kartoffeln und das Mädchen eine Kanne mit Tee. Die Äste, die vom Wind auf den Boden geweht wurden, knirschen unter den Füßen. Obwohl kein Licht aus einer Lampe sie begleitet und sie nur mühsam die Strukturen der Bäume erkennen, streben die beiden schnell vorwärts. Denn die Männer in der Höhle warten seit zwei Tagen auf Essen.

Gestern war es zu gefährlich gewesen für den Wald. Jetzt lag jeden Tag Gefahr in der Luft, denn die Deutschen sind zunehmend nervöser geworden. Sie schienen zu ahnen, dass sie den Krieg und damit ihr Leben verlieren. Viele flüchteten, die anderen wurden nur noch aggressiver. In der letzten Woche waren über zehn Zivilisten als potentielle Verräter und Spione erschossen worden: Gleich beim großen Brunnen am Dorfplatz, die Einwohner mussten zusehen. Und alle erfuhren, wie Angst und Hass gleichermaßen wuchsen, bis sie nicht mehr kontrollierbar waren. Dann flüchtete die restliche deutsche Armee und die tschechischen Soldaten kamen ins Dorf, auch die Russen. Nun war es sehr ungemütlich für die deutschen Zivilisten geworden.

Oma wusste, dass sie keiner sehen durfte. Jetzt waren sie und ihre Tochter Freiwild – zum Abschuss freigegeben.

Nur noch wenige Meter, dann war die Höhle erreicht, wo Opa sich verstecken musste. Seine Firma war einst von deutschen Soldaten besetzt worden. Jetzt quartierte sich dort die rote Armee ein.

Am Eingang der Höhle wartete ihr Nachbar völlig entkräftet. Er hatte Frau und Kind schon vor Wochen nach Österreich geschickt und war mit seiner hochbetagten Mutter zurückgeblieben. Aber die Mutter war krank geworden und gestorben. Dann musste er fliehen, als die Russen im Dorf nach deutschen Soldaten suchten.

Aus der Höhle drang quälender Husten. Das musste Opa sein. Seit er die Tuberkulose überlebt hatte, war der Husten sein täglicher Begleiter geworden.

Oma fand ihn in der Höhle und umarmte ihn. Die Tochter reichte ihm das Brot und den Tee. Oma nahm zwei Kartoffeln und etwas Brot und steckte sie in ihre Manteltasche. Dann ging sie tiefer in die Höhle hinein und gab den anderen Männern zu essen. Ihre Tochter umarmte ihren Vater. Ohne Licht konnte keiner sehen, wie beide weinten.

Oma nahm sie und ging mit ihr wieder in den Wald, rasch zurück zu ihrem Haus, bevor fremde Soldaten bemerkten, wohin sie gegangen waren.

Sie erreichten den Schuppen, der am Ende ihres Gartens gleich neben den Brombeersträuchern stand. Oma bat ihre Tochter, draußen zu warten, und öffnete die Tür. Im Schuppen saß ein Mann, abgemagert, aber groß und stattlich. Er hatte sich im Heu versteckt. Normalerweise stellte Oma ihm das Essen hinein, bevor sie in den Wald ging, aber diesmal musste sie schnell weg.

Sie hatte der Tochter, die sie stets begleitete, verboten, über den Mann im Schuppen zu sprechen. Der Mann, der sich eines Tages dort vor den Nazis versteckt hatte, die ihn suchten. Seine Eltern waren bereits am Brunnen erschossen worden. Das hatte er mit den wenigen Worten auf Deutsch eindrücklich erklären können. Neben ihm lag eine Frau. Offenbar waren die beiden ein Paar, aber sie tauschten nie Herzlichkeiten aus, während Oma da war.

Sie hatte sich mit Opa besprochen, das Paar den deutschen Besatzern zu melden, dann aber wollten sie das doch nicht, da es sicherlich von der SS erschossen würde. So gaben sie den beiden zu essen, unter der Auflage, dass sie bald fliehen sollten, egal wohin, Hauptsache dorthin, wo sie sicher wären. Aber das war nicht so einfach. Darum blieben die beiden einige Tage. Und dann ganz plötzlich, waren die Deutschen weg und die anderen kamen und suchten ihrerseits nach Verrätern und Spionen. Opa musste fliehen, so wie seine Nachbarn, und lebte in der Höhle im Wald. Die Bewohner im Schuppen trauten der Lage jedoch nicht und betteten, noch einige Tage bleiben zu dürfen.

Und so versorgte Oma in diesen einigen Tagen sowohl ihren Mann in der Höhle als auch die beiden in ihrem Schuppen. Sie packte die Koffer, denn sie wusste, dass sie eines Nachts mit Opa und den Kindern fliehen musste, aber sie hoffte, noch lange nicht entdeckt zu werden. Vielleicht gab es eine Rettung.

Der fremde Mann hatte ihr Hilfe in Haus und Garten angeboten. Er hieß Karol, hatte er ihr gesagt, seine Frau war Lena.

Sobald keine deutschen Soldaten mehr in der Gegend wären, wollten sie gehen. Sie hätten Freunde im Dorf. Karol kannte mehr deutsche Wörter als Oma tschechische. Und sie verließ sich darauf, dass Karol und Lena sie nicht an Partisanen verrieten.

Im Jahre 2017, in Jiris Haus

Komplett durchnässt sitzen wir um das auf dem Küchentisch liegende Foto herum. Esther hält meine Hand, wagt aber offenbar nicht, mich nach meinen Gefühlen zu fragen. Ich sehe zu Jiri hinüber, der seine Augen nicht von Karol lassen kann, seinem geliebten Vater. Nur Jana hatte er mehr geliebt – und beide verloren. Jetzt war aber einer der Geliebten plötzlich wieder auferstanden.

Pavels Blick sagt alles: Karol ist aus dem Grab gestiegen, weil unbeliebte Deutsche in der Vergangenheit wühlen und irgendein Tom etwas von seiner Oma suchte. Pavel war nie begeistert gewesen von der Suchaktion und jetzt ist sein bester Freund in seiner Seele nochmals tief verletzt.

Esther versucht mit ihren warmen Augen, das Entsetzen zu verscheuchen.

Dann sagt sie: „Wir haben das nicht erwartet. Mein Mann ist so überrascht wie Ihr." Sie spricht das auf Jiddisch, ihrer Muttersprache, die sie in meiner Gegenwart schon lange Zeit nicht mehr verwendet hatte. Pavel sieht zu ihr auf. Dann antwortet er ihr ebenfalls in jiddischer Sprache.

Ich glaube alles zu wissen, was sie austauschen.

„Woher weißt du, dass Pavel Jude ist?", frage ich.

Sie habe ihn beten gehört, antwortet sie. Ich weiß, dass sie jetzt lügt. Aber sie sagt „mein Mann" so innig, dass ich wieder weiß, warum ich sie so liebe.

„Die Frau, die hier gelebt hat und dann fliehen musste, war später der wichtigste Mensch im Leben meines Mannes. Er hat hier die Geschichte seiner Großmutter gesucht."

Pavel nickt und jetzt sieht auch Jiri zu mir hoch.

„Deine Mutter hat mir berichtet, dass Oma ihr stets gesagt hatte, das Überleben unserer ganzen Familie wäre für sie immer das Wertvollste gewesen – und genau das liege in einer Kiste hier vergraben." Sie blickt mir tief in die Augen bei diesen Worten, dann umarmt sie mich. Langsam verstehe ich.

Pavel legt Jiri den Arm auf die Schulter und nickt. Alles gut. Die Geister der Vergangenheit werden uns nicht heimsuchen. Irgendwie sind wir alle in diese Geschichte verwoben, auch wenn keiner am Tisch auch nur ahnt, wieso und warum.

In der Nacht, 1945

Diesmal scheint der Schuppen leer zu sein, denn das Stroh raschelt nicht. Und auch kein Atmen ist zu hören. Pavel hat zuletzt fast so schwer geatmet wie mein Mann, denkt Oma. Dann flüstert sie ein leises „Hallo?" und nimmt Brot und Kartoffeln aus der Manteltasche.

Bevor sie das Essen auf den Boden legen kann, spürt sie den Schlag auf ihren Hinterkopf und sackt zu Boden. Sie hat den Mann hinter der Schuppentür nicht gesehen. Auch nicht den zweiten Mann, der sie an den Beinen nach vorn zieht. Der andere hält ihr den Mund zu und spuckt Worte, die sie nicht versteht. Sie will auch gar nicht um Hilfe schreien, aus Angst um ihre Tochter draußen im Garten. Hoffentlich ist sie schon im Haus bei ihrer Schwester.

„Mama", schreit das Kind draußen und nochmals „Mama, unser Hund ..." Dann heult sie. Der Mann an ihren Beinen hat schon ihre Unterhose heruntergezogen und öffnet seinen Hosenschlitz, während der andere bei ihrem Kopf sie zu würgen beginnt. Ihr wird schlecht und dann hört sie Schritte, die sich rasch dem Schuppen nähern. Sie will schreien und das Kind warnen, aber die Männer drücken noch fester zu.

Da öffnet sich quietschend die Schuppentür und Omas Herz rast.

An der Tür taucht Karol auf. Er packt den Mann, der Oma würgt, am Hals und zieht ihn nach hinten. Der andere Mann geht jaulend zu Boden als ihn Omas Knie heftig im Unterleib trifft. Ein wahrhaft gelungenen Stoss. Noch dazu kann der Angreifer mit heruntergelassener

Hose nicht sofort aufstehen. Genug Zeit, dass ihm Oma nochmals einen kräftigen Tritt in den Unterleib versetzt, so dass er stöhnend nach hinten fällt.

Karol würgt den Mann, der schon ganz blau wird im Gesicht. Oma rollt sich weg. Der andere Mann steht auf und greift Karol, der seinen Gegner loslassen muss, an.

Als der Mann auf Karol losgeht, hat er ein Messer in der Hand. Der andere Mann röchelt und kniet. Karol weicht dem ersten Stoß geschickt aus und das bringt seinen Angreifer aus dem Gleichgewicht. Nun hat Karol einen Moment Zeit, sich zu orientieren. In der Dunkelheit sind nur schemenhafte Gestalten zu sehen.

Oma steht wieder und hat sich schon die Sense geschnappt, die an der Schuppenwand hängt. Sie schlägt damit auf den Mann ein, der sich immer noch röchelnd erhebt, um auf Karol loszugehen. Mit einem lauten Schrei sinkt er wieder zu Boden.

Karol hat derweil den anderen Mann ins Visier genommen. Er liegt direkt neben ihm und sticht mit dem Messer – Opas Messer aus dem Schuppen – wild in der Dunkelheit herum. Karol wirft sich auf ihn und der letzte Messerstich verfehlt ihn knapp. Laut knackend bricht sein Genick, als Karol auf ihm landet. Dann liegt der Angreifer ruhig da. Nur Omas Opfer jammert blutüberströmt.

Die Schuppentür öffnet sich und eine Laterne erscheint in der Tür. Es ist Lena mit Freunden aus dem Dorf, offenbar Tschechen. Einer schreit und deutet auf die Frau mit der Sense. Karol ruft auch etwas und hebt die Hand. Lena nimmt ihn bei der Hand und zieht ihn hinaus.

Danach durchdringen Schüsse die Nacht. „Du hier", ruft Karol Oma zu und reicht ihr ein Bild. Es ist eine Fotografie von Karol. „Wenn Gefahr, du Bild zeigen, dann sicher." Er streicht Oma unter dem überraschten und wütenden

Blick seiner Lena kurz und zärtlich über die Wange. „Danke", sagt er und schließlich flüstert auch Lena „Danke". Dann gehen sie weg.

Oma hat sie erst wieder gesehen, als sie Opa am nächsten Tag am Dorfbrunnen abholen durfte.

Im Garten sitzen ihre Töchter, starr vor Schreck. Aus dem Wald dröhnen Schreie und Schüsse. Zu ihren Füßen liegt ihr toter Hund. Mittlerweile dämmert es und der Tag bricht an.

Als fremde Männer auf die Frauen zukommen, zeigt Oma das Foto. „Karol", raunzt einer, worauf ein anderer sein Gewehr sinken lässt.

Aus dem Haus kommen andere Männer und tragen weg, was nicht niet- und nagelfest ist. Einem fällt eine Kiste hinunter. Oma schickt ihre Töchter in das Haus, Kleider sammeln, Taschen packen. Sie tut das auch. Dann nimmt sie das Foto und eine Kiste mit auf dem Weg zum Dorfbrunnen.

Mehrere Stunden später trifft die Familie dort ihren Vater. Umringt von wütenden Tschechen, sind die restlichen Deutschen dort am Brunnen gefesselt. Militärwägen und sogar ein Panzer fahren vorbei. Die Gefangenen werden bespuckt und beschimpft.

Dann spricht ein Mann in ein Megafon und teilt den Deutschen mit, dass sie jetzt zu Fuß ins Nachbardorf gehen müssen, wo Wagen sie abholen und wegfahren.

Sie sollen nie mehr wiederkommen.

Auf dem Weg durch den Wald sagt eine Frau, sie müsse kurz ihre Notdurft verrichten. Das ist genau am Ende ihres ehemaligen Grundstückes, dem sie aber keine Aufmerksamkeit schenkt. Sie vergräbt mit ihren eigenen Händen eine Kiste mit einem Foto in der feuchten Erde.

Das Bild benötigt sie in der neuen Heimat nicht mehr.

Als sie eine bösartige Stimme hinter sich wahrnimmt, geht sie zum Tross zurück.

Die Menschen stützen sich gegenseitig und tragen das Letzte, was sie besitzen, am Leib und in wenigen Taschen. Keiner sieht sich um und niemand spricht ein Wort. Eine Frau nimmt die Hand ihres Mannes, als ob sie sagen will:

Wir haben eine Zukunft. Lastwagen fahren die Menschen weg bis nach Bayern und halten erst an einer Kaserne.

Von all dem wissen die vier Schatzgräber im Jahr 2017 nichts, als sie an Jiris Tisch sitzen.

An Jiris Tisch

Pavel ist mittlerweile aufgestanden und kocht Tee für alle, Jiri bringt uns beiden ein Handtuch.

Esther berichtet mir von einem Judenstern, den sie bei Pavel auf dem Arm gesehen hatte. Sie vermutet, dass er selber einmal Opfer antisemitischer Gewalt war. Pavel ist aber jetzt viel freundlicher, seit er mit Esther gesprochen hat. Es ist wie eine Heimat, die man lange schon vermisst hat.

Ich bedanke mich artig und biete Hilfe an. Außerdem erzähle ich von Oma:

Von den Kinderliedern, den Brombeeren, dem Hagebuttentee und den unendlichen Geschichten in der Küche. Wie sie mir von der Kiste erzählt hat und ich einen Schatz vermutet habe, zumindest Wertgegenstände oder Geld. Auf ihre Vergangenheit wäre ich nie gekommen und kurz überlege ich, ob ich Oma jemals richtig verstanden hatte.

Jiri bringt eine Schatulle, deren Inhalt noch einige Fotos von Karol und Lena zeigen: Auf einigen Fotos ist auch er selbst zu sehen und auf einem sein Bruder, der qualvoll gestorben ist. Dabei zittert seine Stimme. Pavel übersetzt ruhig und geduldig.

Jiri und ich erzählen abwechselnd von unserer Familie. Nur Pavel und Esther erzählen nichts von sich. Als ich von Esther und mir berichten will, schüttelt sie den Kopf. Sie ist nur eine Randfigur in dieser Geschichte.

Nur noch ein Briefumschlag ist in der Schatulle, die dem in der Kiste meiner Oma ähnelt.

Pavel übersetzt Jiris Worte bedächtig:

„Lieber Jiri, diesen Brief bekommst du, wenn ich bereits gestorben bin und auch der Krieg lange vorbei ist – ein Krieg, der mein Leben geprägt und zerstört hat.

Meine Frau Lena und ich waren Mitglieder einer Gruppe, die sich den Nationalsozialisten vehement entgegengestellt hatte. Wir konnten nicht mitansehen, wie die Deutschen unser Land, unsere Menschen und unsere Geschichte zerstörten.

Wir haben zahlreiche Anschläge verübt, so auch den erfolgreichsten in Prag auf den Leiter der Gestapo. Anschließend haben sie uns verfolgt und meine Eltern entdeckt. Deine Großeltern wussten von nichts und die Nazis haben sie zu Tode gefoltert.

Lena und ich sind entkommen und haben uns an unserem Heimatort versteckt – ausgerechnet in einem Schuppen von Deutschen. Die Frau dort hat mühsam ihre Familie und ihren kranken Mann versorgt und auch Lena und mir etwas zu essen gegeben.

Durch ihre Güte haben wir überlebt, durch die Hilfe von Menschen, die doch unsere erbittertsten Feinde sein sollten. Ich hatte viel Zeit, um über uns nachzudenken.

Ich sorgte noch dafür, dass sie nicht ermordet wurden, sondern mit den anderen Deutschen wegfahren durften, und ich hoffe, sie und ihre Familie haben überlebt, obwohl ich das bezweifle.

Ich wollte dann nie mehr Gewalt und Krieg und Zerstörung und Tod.

Leider ist es anders gekommen. Dein Bruder und deine Mutter sind gestorben, aber du bist mir geblieben und so wünsche ich mir nichts sehnlicher, als dass du, lieber Jiri, in diesem Leben glücklich wirst.

Lass dich nie von Kummer und Hass leiten, bleibe immer du selbst. Kein Schicksal darf uns jemals zu Mördern machen.

Alles, was ich besitze, ist dieses Haus. Es gehört dir. Möge es dir Glück, Liebe und Frieden geben.

Dein dich liebender Vater Karol"

Weitere Teile von Karols Abschiedsbrief sind nicht mehr leserlich. Sicherlich wollte er Jiri noch den Namen seiner Retterin mitteilen und natürlich, dass Jiri von nun an in deren Haus leben sollte.

Bis zu diesem Tag war Karols Brief unvollständig. Nun kennt Jiri die ganze Geschichte – seine Geschichte.

Und die weiß jetzt auch Tom.

Wieder daheim

Esther liegt neben mir und ich fühle mich wie neugeboren.

Mein Leben hat sich entscheidend verändert. Ich bin von einer Last befreit.

Sie war wie ein schwerer Rucksack, der mir in Tschechien abgenommen wurde. Das Elend meiner Scheidung und meine Flucht, die mich als Hausarzt in den Bayerischen Wald verschlagen hatte. Das Gefühl, ständig zu scheitern, habe ich im Wald dort zurückgelassen.

Auch bei Esther hatte ich ein besseres Gefühl. Sie liebt mich und ich sie. Was ist sonst noch wichtig?

Wir sind zusammen und wir basteln an unserer Zukunft. Oma musste dies einst unter viel schwierigeren Bedingungen meistern.

Ich weiß noch, wie Jiri und ich uns umarmt und minutenlang nicht mehr losgelassen haben, nachdem er den herzzerreißenden Abschiedsbrief seines Vaters Karol vorgelesen hatte. Jiri sagte noch, dass er nie wusste, was Karol meinte und was seine Geschichte war.

Nun kennt er seine Geschichte und ich die meine.

Wir tauschten Adressen und Telefonnummern aus und gaben uns viele Versprechen, in Kontakt zu bleiben.

Und nach einem warmen Abschied von Jiri und Pavel sind wir dann doch rasch aufgebrochen und am selben Tag noch zurückgefahren. Der Wirt unserer Pension meinte noch, dass wir wohl das gefunden hätten, was wir gesucht haben.

Den gesamten Heimweg über haben wir geschwiegen und keine Pause gemacht.

Später, Zuhause

Als wir wieder daheim waren, sind wir zuerst in unser Lieblingsrestaurant gefahren und dann nach Hause. Der Hunger war einfach zu gross.

Esther zündet sich eine Zigarette an. Ich betrachte die Schwielen an meinen Händen.

„Nächstes Jahr möchte ich mit dir nach Israel zu meiner Familie."

„Warum fliegen wir nicht gleich morgen früh?", entgegne ich.

Sie lacht.

„Weil du vielleicht mal wieder deine Praxis öffnen musst. Außerdem wartet ein fleißiger Medizinstudent auf ein Praktikum bei dir."

„Wen meinst du? Dein David studiert doch Jura?"

„Es geht nicht um meinen Sohn David, sondern um deinen Sohn Alexander. Bevor wir weggefahren sind, hatte ich noch ein gutes Gespräch mit seiner Mutter: Dein Sohn Alexander hat gemailt, er möchte seinen Vater sehen. Und da er Medizin studiert, habe ich ihm geraten, sich als Famulus zu melden. Dann sieht er, dass sein Vater ein guter Arzt ist und sich vor nichts mehr verstecken muss."

„Ist das wahr?" Ich bin völlig verdutzt. „Mein verwöhnter Sohn will vom heiligen München herabsteigen in den Wald und zu mir?

Was sagt seine Mutter?"

„Er war hellauf begeistert, dass du nach Tschechien fährst – auf den Spuren deiner Geschichte. Vielleicht will er nun seine entdecken. Und selbst deine Ex hat das mit Respekt zur Kenntnis genommen."

Ich umarme sie und will sie küssen.

„Moment. Muss erst die Kippe ausdrücken."

Dann liebten wir uns wie noch nie zuvor.

Das Jahr 2020, im Sommer

Die Coronakrise hält uns im Griff und daher haben wir unsere fest eingeplante Fahrt nach Dlouhá Loučka verschieben müssen. Diesmal wollten auch David und Alexander mitfahren. Das wäre ein wunderbarer Familienausflug geworden. Sogar meine Ex-Frau hat angeblich wohlwollend genickt.

Letztes Jahr wollten wir auch schon fahren, aber Jiri hat abgelehnt, da Pavel mit einer Lungenentzündung im Krankenhaus lag.

Telefoniert hatten wir anfangs öfter. Durch den aufgrund unserer Unkenntnis der tschechischen Sprache schwierigen Dialog und der notwendigen Übersetzung durch Pavel wurden die Gespräche immer seltener und hörten schließlich ganz auf.

Weitere Dokumente existierten nicht mehr. Ob ich nun in Oberbayern oder im Bayerischen Wald nachforschte oder ob Pavel in diversen Ämtern und sogar in Prag wiederholt nachfragte: Es tauchten keine weiteren Informationen auf.

Dafür hatte unsere Aufdringlichkeit einen überraschenden Nebeneffekt.

Nach der Absage unserer Reise habe ich einen Brief von Jiri auf dem guten alten Postweg erhalten – von Pavel übersetzt natürlich.

Er erzählte darin von einem Anruf aus einem Pflegeheim in Prag.

Hier läge eine Frau, die einmal in einem kleinen Dorf gelebt hatte und von dort mit einem Mann weggegangen sei. Der Mann sei dann an einem Gehirntumor verstorben und sie hätte, da sie alleinstehend war, als Kellnerin, Krankenschwester und Altenpflegerin gearbeitet, bis sie einen Schlaganfall erlitten hätte, der sie in die Erwerbsminderungsrente getrieben und später zum Pflegefall gemacht hätte.

Sie war im Rahmen von Pavels Erkundungen aufgetaucht, als er akribisch jeden Einwohner und Abwanderer aus Dlouhá Loučka nachverfolgt hat.

Jiri war nie das Gefühl losgeworden, dass sein Freund gezielt nach Jana gesucht habe.

Nun befinde er sich in der Bahn auf dem Weg nach Prag – natürlich mit Mund-Nasen-Schutz und dem in der Pandemie vorgegebenem Abstand – und hätte, statt eines Blumenstraußes, ein Gefäß bei sich, in dem er Brombeeren gesammelt hatte. Das schien ihm angesichts seiner Vergangenheit ein sehr passendes Geschenk. Ein wenig Angst begleite ihn, aber auch viel Freude.

Ich habe ihm eine WhatsApp-Nachricht geschickt und ihm viel Glück gewünscht. Nachgefragt habe ich nie und er hat mir auch keine weitere Nachricht mehr übermittelt. Ich hoffe, dass er Jana in Prag wiedergesehen hat.

Ich weiß, dass ich einen Freund gefunden habe, obwohl ich gar nicht mit ihm sprechen kann. Sprache und Worte sind ja nicht alles. Es gibt da noch etwas, das tiefer geht. Das habe ich gelernt.

Und noch viel mehr. Respekt vor allem und jedem, der Gegenwart und der Vergangenheit.

Den Mut, die Zukunft zu suchen, auch wenn sie aussichtslos erscheint, und nicht aufzugeben. Es gibt immer einen Weg und ein Ziel.

2020

Eines Tages war ich mit Esther im Wald meines Kindheitstraumas und an allen Orten, wo ich mich versteckt und um mein Leben gefürchtet hatte.

Den Schrecken dieser Erinnerung habe ich überwunden. Aber vielleicht war es auch die Liebe von Esther.

Es war ihr Vorschlag gewesen und ich hatte nicht einmal Angst, mit ihr gemeinsam an meiner Seite im Wald zu spazieren.

Und dass mein Sohn nach all den Jahren wieder Interesse an seinem Vater gewonnen hat, gibt mir zusätzlich Kraft. Er hat ein Praktikum bei mir absolviert und er will nicht Professor, sondern ebenfalls Hausarzt werden. Dazu hat er sogar ein Stipendium der Bayerischen Landesärztekammer erhalten. Es geschehen noch Wunder!

Und natürlich bin ich mit Esther zu ihren Verwandten nach Tel Aviv und Jerusalem geflogen. Auch wenn nie geklärt wurde, warum ihr Mann so weit weg vom üblichen Weg verunglückt war und ein nie entdecktes Geheimnis mit ins Grab genommen hat. Dort soll es bleiben.

Esther scheint glücklich mit mir und unserem Leben zu sein und ich geniesse das sehr.

Im Alten Testament wird Esther als eine Person beschrieben, die durch eine kluge Tat Menschen vor der Vernichtung gerettet hat. Mein Leben hat sie auf jeden Fall gerettet.

Sie hat mit Josuas Tod abgeschlossen und ist mit David ganz zu mir gezogen. Statt in München arbeitet sie nun in Passau. Das ist nicht weit weg. David geht es gut.

Der letzte Asthmaanfall liegt nun Jahre zurück, warum auch immer.

Auch wenn wir Menschen so viele verschiedene Kulturen und Sprachen und so differente Lebensweisen haben, verworrene Geschichten und schlimme Schicksale – einiges eint uns doch:

Der Wunsch nach Glück, nach Sicherheit und Frieden und die alles überwindende Liebe. Und sicherlich viel mehr als ich mit diesen einfachen Worten auszudrücken vermag. Wenn Oma und Karol in Zeiten des grausamen Krieges nicht so fürsorglich und mutig gehandelt hätten, hätte es keine Zukunft gegeben – weder für mich noch für Jiri.

Mit Jiri sind wir immer noch befreundet und ich hoffe, dass er mit Jana ein gutes Treffen hatte. Ich bin so gespannt auf seinen Bericht. Aber ich dränge ihn nicht und lasse ihm Zeit.

Irgendwann wird er mir schreiben.

*„Hoffnung ist nicht die Überzeugung, dass etwas gut ausgeht,
sondern die Gewissheit, dass es Sinn hat, egal wie es ausgeht."*

Václav Havel

Der Autor

Dr. Konrad Namberger lebt in seinem Geburtsort Traunstein im wunderschönen Chiemgau und arbeitet als Onkologe.
Neben Sport in der Natur interessiert er sich für Theater, er verfasste selbst ein Theaterstück, schrieb Gedichte und legt nun mit „Das Vermächtnis – eine deutsch-tschechische Familiengeschichte" seinen ersten Roman vor.

Der Verlag

novum VERLAG FÜR NEUAUTOREN

„ *Wer aufhört*
besser zu werden,
hat aufgehört
gut zu sein!

Basierend auf diesem Motto ist es dem novum Verlag ein Anliegen neue Manuskripte aufzuspüren, zu veröffentlichen und deren Autoren langfristig zu fördern. Mittlerweile gilt der 1997 gegründete und mehrfach prämierte Verlag als Spezialist für Neuautoren in Deutschland, Österreich und der Schweiz.

Für jedes neue Manuskript wird innerhalb weniger Wochen eine kostenfreie, unverbindliche Lektorats-Prüfung erstellt.

Weitere Informationen zum Verlag und seinen Büchern finden Sie im Internet unter:

www.novumverlag.com